로크미디어가
유혹하는
재미있는 세상

ROK
MEDIA
로크미디어

# 환생한 대마법사의 정주행 10

2021년 8월 2일 초판 1쇄 인쇄
2021년 8월 5일 초판 1쇄 발행

**지은이** 서상현
**발행인** 김정수 강준규

**기획** 이기헌 왕소현 박경무 강민구
**책임편집** 이정규
**마케팅지원** 배진경 임혜솔 송지유 이영선

**발행처** (주)로크미디어
**출판등록** 2003년 3월 24일
**주소** 서울시 마포구 성암로 330 DMC첨단산업센터 318호
**Tel** (02)3273-5135 **편집** 070-7863-8597 **Fax** (02)3273-5134
**홈페이지** rokmedia.com **E-mail** rokmedia@empas.com

ⓒ 서상현, 2020

값 8,000원

ISBN 979-11-354-6520-8 (10권)
ISBN 979-11-354-9260-0 04810 (세트)

서상현 판타지 장편소설

# 환생한 대마법사의 정주행

ROK MEDIA
로크미디어

contents

# 조각의 의미

"타일런트으-!"

봉인석에서 흘러나오는 목소리는 분명 셔먼의 것.

어째서 셔먼이 검사 사회로 넘어간 것인지, 경로는 몰라도 목적은 알 수 있었다.

사일러드의 봉인을 풀기 위해서.

처음 꼭대기에 들어왔을 때, 철문에 왜 본 적도 없는 포털이 생성되어 있었는지.

그리고 셔먼이 6층의 교수인데도 졸업자인 우리를 꼭대기로 인도하지 않고, 리비아와 카비르가 대신 왔는지.

모든 게 이해가 되었다.

타일런트가 평생에 걸쳐 철두철미하게 세운 계획을 이상

없이 진행시키기 위해서였음을.

"셔먼, 잘했다. 나머진 네가 하고 싶은 대로 하도록."

ㅡ감사합니다, 보름달이시여.

이미 검사 사회에 있는 봉인석은 깨졌다.

그렇다면 남은 봉인석은 이곳이 마지막.

저것마저 깨지면 사일러드가 깨어나게 된다.

타일런트가 사일러드를 꺼내려는 의도는 흑마법, 드레인 스펠을 사용하기 위함이겠지.

자신이 가진 마력은 충분한 상태이니, 가장 핵심인 그의 영혼을 흡수하기 위해서.

이미 봉인석의 검은색 비율은 96%나 되고, 모든 힘을 잃었다고 봐도 되지만······.

앞날이 걱정되었다.

바로 사일러드가 나오게 되는 그 앞날이.

'그렇게 호락호락한 마법사가 아니야. 깨어나면 어떤 변수가 생길지 몰라.'

난 그와 직접 목숨을 걸고 싸운 적이 있지 않은가?

절대 방심할 수 없는 마법사다.

따라서 아예 철문 밖으로 한 발자국도 내딛게 하지 말아야 했다.

푸슛ㅡ!

푸슈슈슈슛ㅡ!

타일런트는 제법 살벌한 마법을 구현했다.

그 마법은 내게는 익숙한, 그가 가진 어둠 원소의 결정체 보주화와 주력 마법인 검은 송곳.

그러나 규모가 다르다.

보주화는 내 보주화와 맞먹을 정도로 크기가 거대했으며, 구현한 검은 송곳도 이 꼭대기라는 곳이 밤나무가 된 것처럼 시선이 닿는 모든 곳에 살벌한 검은 송곳이 가득했다.

검은 송곳의 크기도 전부 제각각.

철문과 같이 높고 두꺼운 게 있는 반면, 손가락만 하게 작은 송곳들도 많았다.

"……."

내 보주화가 떠 있음에도 전혀 개의치 않고 마법을 펼쳐놓은 타일런트.

처음 내 정체를 드러냈을 땐 잠시 긴장이 풀려, 미처 대응하지 못해 무기력하게 당한 것으로 보였다.

그러나 정말 나와 대적하고자 하는 마음을 굳건히 먹으니, 내 플레우드 보주화에 큰 영향을 받지 않는 듯한 모습을 보였다.

솔직히 조금은 충격적이다.

아무리 강해졌다고 한들, 이 정도일 줄은 몰랐으니까.

"……타일런트."

"왜요? 놀랐습니까? 당신의 보주화에 영향받지 않아서?"

타일런트가 꼭대기를 덮어 버릴 정도로 구현한 다량의 검은 송곳이 이제 봉인석으로 향했다.

　완벽하게 실수 없이, 봉인석을 깨 버리겠다는 의도가 훤히 보였다.

　내가 무조건 막아야 할 행동 중 하나다.

　"스콜(Squall)."

　플레우드 보주화를 맹신하지 않는다.

　어차피 타일런트는 영향을 받지 않고 자신의 원소를 유감없이 발휘하는 중이니까.

　그렇다면 무력으로 찍어 눌러야 했다.

　새로운 마법을 꺼냈다.

　바람 원소 마법이다.

　스콜은 돌풍 마법. 공격형보단 여러 방면으로 활용 가능한 유틸형이다.

　거대한 돌풍 줄기들을 꺼내고, 봉인석 주위에 배치했다.

　봉인석을 향한 타일런트의 검은 송곳을 날려 버리기 위함이다.

　실제로 봉인석을 향했던 검은 송곳은 갈 길을 잃고, 부서진 유리병 파편처럼 이곳저곳으로 튀었다.

　"호오, 확실히 대마법사였던 당신의 바람은 뭐가 달라도 다른가 봅니다. 보통의 바람은 날카로운 것을 밀어 내지 못하는데."

타일런트는 봉인석을 깨려는 행동이 저지당했는데도, 조급한 모습을 보이지 않았다.

오히려 그 와중에 내 마법을 평가하는 기행을 보였다.

"여유가 만만하구나, 타일런트."

"더는 당신이 알던 그 드라코 타일런트가 아니니까."

꼭대기를 덮어 버린 각자의 마법 속에서 우리 둘의 시선은 정확히 서로의 눈을 향하고 있었다.

타일런트는 내 눈을 피하지 않고 당당하게 맞서며, 자신감이 서린 미소까지 보였다.

무언가 숨기고 있는 게 있다는 뜻.

그가 가진 비장의 무기는 아마 지금 힘을 다 내지 않았다는 것을 뜻하는 거겠지.

"아낄 필요 있나, 타일런트? 어차피 우리 서로 지금 이 순간이 마지막인데. 둘 중 하나는 사라지는 날이잖아?"

네가 무엇을 믿고 그렇게 당당한지 안다.

그러니 가지고 있는 모든 걸 꺼내서 나와 맞서라는 뜻이다.

나도 절대 사정 봐주지 않을 것이며, 이미 예전에 사제 관계의 감정은 사라진 지 오래니까.

"풉."

타일런트는 긴 대답을 생략하고, 비웃음만 흘렸다.

정 원한다면.

보여 주겠다는 태도로 보였다.

"당신의 최후는 300년 전과 다름이 없을 거야."

타일런트의 짧은 한마디.

송곳에 난자당했던 내 최후를 강조했다.

이번에도 그렇게 될 것이며, 이변은 없을 거라는 그만의 강한 믿음이다.

"그때랑은 상황이 다르지, 타일런트."

하지만 넌 나를 넘지 못하여, 내가 마시던 차에 환각제를 탔다.

마력을 제대로 방출할 수 없게 하기 위해.

힘으로 넘을 수 없던 상대가 나였으니까 그런 비열한 수를 썼지.

즉, 그 뜻은 아무리 내가 300년 전과 비교하면 약해진 상태라고 하더라도, 제대로 된 마력을 방출할 수 있다면 아무런 문제가 되지 않는다는 나의 믿음이다.

"레저렉션(Resurrention)."

한 가지 마법을 추가로 구현했다.

이것은 플레우드 마법.

효과는 내 마법에 소멸된 상대의 마법을 그대로 소생시키는 것.

즉, 타일런트가 셀 수도 없을 정도로 펼쳐 놓은 저 검은 송곳들을 전부 소멸시키면.

고스란히 내 소유의 마법이 되는 플레우드 마법이다.

"호오, 레저렉션이라. 그런데 내 마법이 부서지지만 않으면 아무짝에 쓸모도 없는 마법 아닌가?"

그러나 타일런트도 모르는 마법이 아니다.

내가 제자였던 그를 잘 알듯이, 그도 스승이었던 나를 잘 안다.

따라서 내가 사용하는 마법을 전부 그도 알고 있다.

콰과과과과광—!

그는 보주화에 더 강한 마력을 쏟아부었다.

'이 정도로 힘이 남아 있던 거냐.'

꼭대기에 뜬 타일런트의 어둠 원소 보주화.

그래, 확실히 다르구나.

에타르, 알프릭, 트레샤와 재회했을 때도 난 그들의 향상된 실력을 가늠하기 위해 보주화를 띄워 보라고 지시한 적이 있었다.

그때 특히 알프릭과 트레샤는 내가 알던 수준을 한참이나 벗어난, 훌륭한 마법사가 되어 있었다.

그러나 타일런트도 마찬가지다.

이곳 꼭대기로 오기 전에 진행했던 6층에서의 테스트.

헤이, 키에나, 쿠로, 테슬라.

이 네 명도 전부 공통적으로 어둠 원소를 가지고 있었다.

그 네 명의 보주화 전부를 합쳐도 타일런트 혼자서 만든 보주화의 3분의 1도 되지 않을 정도로 그의 보주화는 거대했다.

300년 넘게 학생을 물약으로 만들고, 그 마력을 흡수한 결정체를 난 지금 마주 보게 된 것이다.

'확실히…… 두려울 정도의 마력이구나.'

왜 드레인 스펠을 예로부터 마법사들이 그토록 금기의 마법으로 분류해 사용을 철저하고도 엄격히 금지했는지.

지금의 타일런트를 보니 확 와닿았다.

300년 동안 학생을 상대로 증강한 마력이 저 정도면.

학생 신분보다 높은 구성 가주나 친위대원을 상대로 마력을 증강했다면 정말 우리가 살고 있는 이 세상 따위는 가뿐히 집어삼킬 수도 있었겠다.

나도 플레우드 보주화에 마력을 더 집어넣었다.

아무리 통하지 않는다고 해도, 상대의 원소 마법을 무력화하는 효과만 있는 게 아니니까.

지금 타일런트가 자신의 보주화를 강화한 것처럼, 자신이 사용하는 원소 마법을 보다 강력하게 만들기 위함이다.

"저건 보고 있자면 늘 구역질이 나."

그는 내 보주화에 적대감을 표출했다.

아무리 타일런트의 마법을 무력화하지 못한다고 하더라도, 어느 정도의 영향은 있다는 뜻이다.

즉, 플레우드 보주화 때문에 자신의 마법이 약해지고 있으며, 그것을 극복하기 위해 계속 마력을 필요 이상으로 방출하는 중이라는 거다.

보통의 단일 원소사라면 자신의 마법을 꺼내지도 못했을 텐데, 300년 넘게 마력을 증강시킨 덕에 플레우드 보주화가 있어도 버티는 건 가능한 상태인 게 분명하다.

"네가 하고 싶은 대로 하게 놔두지 않아. 타일런트."

"나도 마찬가지야."

그리고 우리 둘의 마법이 격돌하기 시작했다.

타일런트는 나를 노리면서도 끝없이 보주화를 깨기 위한 시도를 했다.

역시, 마력이 상당한 수준이구나, 타일런트.

나를 공격하는 와중에도 봉인석을 노리는 여유까지 있으니까.

타일런트가 그런 행동을 취하면, 나도 타일런트의 공격을 방어하면서 봉인석으로 향하는 그의 마법까지 견제해야 했다.

몸은 서로 가만히 있지만 머리로는 눈에 보이지도 않는 재빠른 움직임을 펼치는, 처절한 싸움이 지속되던 그때.

티잉-!

타일런트의 검은 송곳이 봉인석을 건드렸다.

가까스로 막긴 했지만, 봉인석엔 분명한 충격이 전해졌다.

다행히 아직 깨지지 않은 상태였다.

'예상한 것처럼…… 쉬운 상대가 아니야.'

인정한다.

지금 타일런트에게 나는 여유를 부릴 수 없을 정도로 집중하고 있다는 것을.

그것은 300년 전과 달리, 타일런트가 정말 나를 뛰어넘을 수 있을 정도로 강해졌다는 뜻이다.

그리고 봉인석에 충격이 가해진 직후.

털썩!

내 뒤에서 누군가가 쓰러지는 소리가 났다.

슬쩍 시선만 뒤로 향해 무슨 일인지 확인했다.

'……왜, 학생들이.'

키에나, 쿠로.

남은 두 학생이 갑자기 쓰러진 것이다.

분명히 저 학생들은 어떠한 충격도 받지 않았을 것인데 갑자기 쓰러진 게 의아했지만…….

관찰할 여유는 없다.

"네 개 중 하나만 흡수했는데도 이 정도면, 네 개 전부를 마셨을 땐 당신은 내게 손도 못 대는 수준이라는 뜻이 아닌가!"

그는 승기를 잡은 것처럼 당당하게 소리쳤다.

그의 말이 맞다.

본래 타일런트가 짜 놓은 계획대로 성배 네 개를 전부 들이켰다면 난 손도 못 대는 상태가 되었겠지.

어차피 그 네 개 중 하나는 나였고, 나라는 존재는 이제 없으니까.

"그래서 뭐? 결과로만 놓고 보면 넌 네 개를 전부 마신 게 아니잖아?"

따라서 손을 댈 수 있다.

그리고 나도 남은 비장의 카드가 하나 있다.

"단번에 끝내자, 타일런트."

그것을 사용할 생각이다.

본교로 오기 위해 에드 분교에서부터 열심히 준비하던 그 것.

비전력.

플레우드 보주화까지 뜬 상태다. 여기에서 보주화 안에 있는 마나를 비전력으로 바꾸면 승기는 단번에 나에게로 온다.

사실, 가능하면 꺼내고 싶지 않았다.

전생과 비교하면 온전한 상태도 아닌, 사용할 수 있는 힘도 고작 10%에 불과하며 그마저도 너무 위태로웠으니까.

만약 나도 예상 못 한 어떠한 변수로 인해 실패하면 난 정신을 잃고 그대로 쓰러진다.

그렇게 되면 에타르는 물론, 나도 계속 준비했던 반격은 실패한다.

하지만 비전력을 사용하지 않고 순수 마력의 플레우드만

으로는 300년이나 힘을 증폭시킨 타일런트를 쉽게 제압할
수 없는 현실적인 문제가 존재했다.

'마지막이야. 버티면 돼.'

그 생각으로 보주화를 구성한 마나를 점차 비전력으로 바
꾸기 시작했다.

나도 모르게 어금니를 꽉 물었다.

다가올 고통을 대비하는 행동이다.

치지지지지직—!

그러자 플레우드 보주화는 전류가 흐르는 것처럼, 폭발적
인 힘을 내기 시작했다.

"……."

동시에 타일런트의 표정도 굳어졌다.

아차 싶은 표정이었다.

"너무 오랫동안 나를 못 봤기에 그런가? 내가 비전력 사용
자라는 걸 잠시 잊었나 보구나, 타일런트."

이제 정말 끝이다.

보주화가 비전력으로 바뀌면서, 타일런트가 펼쳐 놓은 수
많은 검은 송곳과 보주화도 점점 색을 잃기 시작했다.

내 비전력 보주화의 영향을 받아 소멸하는 낌새다.

"그래, 그 비전력. 과연 어떤 힘인지 제대로 보자고. 말로
만 들었지 직접 보는 건 나도 처음이니까."

타일런트는 두려운 목소리를 내지 않았다.

오히려 흥미로운 실험을 진행하려는 듯한 의도로 느껴질 정도였다.

그리고 그의 말대로, 난 제자들에게 비전력을 직접 보여 준 적이 없다.

워낙 강력하기도 하거니와 굳이 보여 줄 상황 자체가 나오지 않은 이유가 크다.

그렇다 보니, 제자들도 내가 비전력 사용자라는 것은 알았지만, 실제로 비전력이 얼마나 강한 위력을 가졌는지는 직접 눈으로 본 적이 없었다.

타일런트는 자신이 직접 본 적 없는, '존재하지 않는 자원'이라 불리는 비전력을 실험할 생각인 게 분명하다.

300년 넘게 마력을 대폭 증강시킨 자신의 마력이 과연 비전력과 대등한 것인가, 아니면 뛰어넘을 수 있는 것인가.

자신도 모르는 영역이기에 목숨을 건 싸움에서 확인하고 싶은 듯했다.

어차피 여기에서 지는 쪽이 정말 영영 사라지게 되니까.

서서히, 플레우드 보주화를 비전력으로 바꾸자 내 몸에서 이상 증세가 나타났다.

주륵.

코피가 흘렀다.

'이런……'

변수다.

난 현재 보주화뿐만이 아닌, 다양한 마법을 구현한 상태다.

심지어 간단한 마법도 아닌, 꽤 난이도 높은 마법들이다.

그런 와중에 플레우드를 비전력으로 바꾸는 중.

현재 이 몸으로 감당할 수 있는 힘의 할당량을 넘어서 버린 것이다.

본래 마나의 사용은 뇌에 국한된 것이지만, 비전력까지 더해지자 이젠 몸이 부담을 느끼는 중이다.

에드 분교에서 몸을 단련시킬 때도 플레우드 보주화를 비전력으로 바꾸는 연습만 했지, 보주화를 띄워 놓고 다른 종류의 마법을 구현하며 멀티 캐스팅을 연습한 적은 없었다.

타일런트와 맞서 싸우는 지금은 보주화 하나에만 집중하는 게 아닌, 여러 마법을 신경 쓰다 보니 비전력이 제대로 된 위력을 발휘하지 못하는 중이었다.

따라서 지금 내가 이 몸으로 사용할 수 있는 비전력 10%도 제대로 나오지 못한 것이었다.

정확한 수치로 따지면 과연 몇 퍼센트나 될까?

약 7%? 아니면 그보다도 작은 4% 정도?

내가 느끼기엔 그랬다.

'안 돼…….'

적어도 내가 직접 내는 마력이니까 알 수 있다.

턱없이 약하다는 것을.

게다가 타일런트가 펼쳐 놓은 마법도 조금 흐릿해지긴 했지만, 여전히 존재하는 중이다.

그의 마법을 완전히 무력화하여 소멸시키기엔 부족한 상태다.

포기할 수 없다.

여기에서 포기하면 여태까지 이곳을 오기 위해 했던 나의 노력은 물론, 에타르와 조각사의 노력까지 물거품으로 변하니까.

그리고 결정적으로.

지금 이 상황에서 포기는 싸움에서의 패배이며, 그것은 곧 자살이 된다.

'몸이 부서지더라도…… 절대 중단하면 안 된다!'

오직 그 생각만으로 비전력 시전에 더욱 집중했을 때다.

시야가 빨갛게 변했다.

이젠 눈에서 피가 흐르는 것이었다.

"크흐윽…….'

하지만 정말 다행인 것은.

타일런트도 상당히 힘겨운 모습이라는 것이다.

그도 나와 똑같이 코피를 흘리고 있으며 어금니가 부서질 정도로 꽉 깨물며 정신 집중에 안간힘을 쓰고 있었다.

아무리 온전하지 않은 비전력이라고 해도, 그에게 치명적인 피해를 주기엔 충분한 위력이다.

"이깟 것에 무기력하게 당할 것 같나!"

타일런트가 갑자기 고함을 쳤다.

괴로움을 이기기 위한 기합과 같이 느껴졌다.

타일런트의 상태를 보고 내가 비전력을 조금만 더 유지한다면 승기를 완전히 잡는다는 것을 직감했다.

'버텨. 버텨라. 할 수 있어. 못 하면 제자들을 볼 면목 없다. 무조건 버텨라.'

난 스스로를 채찍질하며 안간힘을 다해 비전력 시전에 집중했다.

푸슛-!

이젠 피부가 찢어지며 옅은 핏줄기가 터져 나왔다.

몸은 지금 경고하는 중이다.

이대로 더 한다면, 정신을 잃는다.

그러니 빨리 중단해야 할 것이다.

하지만 난 몸이 보내는 경고를 외면해야 했다.

적어도 타일런트가 쓰러져야 나도 중단할 수 있으니까.

"비전력만 빼면 아무것도 없는 놈이-!"

타일런트도 나와 똑같이 피부가 찢어지고, 옅은 핏줄기가 터졌다.

그리고 마지막 힘을 쥐어짜 내며 내 몸을 공격하기 위해 살벌한 검은 송곳들을 내게 보냈을 때였다.

푸욱-!

가슴에서 화끈한 촉감이 느껴졌다.

"······어?"

이상하다.

타일런트의 검은 송곳이 아직 내 몸에 닿기 전인데.

도대체 뭐가 내 가슴을······ 찔렀다는 거지?

그렇게 생각하던 순간.

크르르르르······.

동물의 울음소리가 내 등 바로 뒤에서 들려왔다.

아니다, 곰곰이 생각하니 이것은 동물의 울음소리 따위가
아니다.

내가 잘 알고 있으며, 경기를 일으킬 정도로 싫어하는 신
물의 울음소리다.

그런데······ 이 신물의 소리가 지금 이 장소에서 들리면 안
되는데······ 어째서······?

"······."

천천히 시선을 뒤로 돌렸을 때.

난 몸이 그대로 얼어붙었다.

크르르르르······.

나와 키가 비슷한 검은색의 라이칸이 그 날카로운 발톱으
로 내 가슴을 관통한 것이었다.

"검은색 라이칸이······ 어째서······?"

분명 이 라이칸은······.

나도 모르게 본능적으로 시선은 라이칸의 뒤로 향했다.

그곳엔 분명히 쓰러졌던 쿠로와 키에나가 언제 다시 일어 났는지, 멀쩡한 상태로 나를 쳐다보고 있었다.

그리고 라이칸은 키에나가 소환한 것이었다.

라이칸의 공격으로 인해 비전력 시전이 강제로 중단되고 말았다.

그로 인해 흐릿하게 변했던 타일런트의 마법들도 제 색깔 인 새까만 색을 되찾게 되었다.

하지만 난 더 이상 타일런트에게 시선이 가지 않았다.

"……키에나?"

쿠로와 키에나는 눈에 초점이 없었다.

'설마…… 저거…….'

에드 분교 3클래스에서 봤던 그 이상 행동.

그것이 꼭대기에서 다시 나온 것이라고 본능적으로 느끼 던 때에.

"쿠로."

그런데 그때와는 다르다.

에드 분교 3클래스에서 저 모습을 보였을 땐 분명히 자아 라는 게 없는 상태였는데.

지금은 분명히 자아를 가지고 있는 모습이었다.

그저 눈에 초점만 없을 뿐이다.

심지어는 평소 대화도 하지 않던 쿠로를 향해 믿고 등을 맡길 수 있는 든든한 동료라도 되는 듯한 목소리를 냈다.

휘이이잉-!

꼭대기에 부는 날카로운 검은 바람 한 줄기.

바람이 당도한 곳은 타일런트의 뒤에 있는 봉인석이었다.

콰앙-!

쿠로의 바람에 맞은 봉인석은 허무하리만치 간단하게 깨졌다.

"······."

타일런트도 나와 똑같은 표정이었다.

갑자기 저 학생이 왜 봉인석을 깬 것인가?

이해할 수 없는 돌발 행동에 잠시 넋이 나갔다.

그와 동시에 키에나는 라이칸 두 마리를 추가로 소환했다.

이번 라이칸은 나보다 키가 2배는 큰 라이칸들.

새로운 두 라이칸은 각각 내 옆에 서서, 두껍고 날카로운 발톱으로 내 몸을 X 자로 찔렀다.

라이칸의 발톱은 내 몸을 관통했고, 그대로 땅에 박혔다.

마치 내가 사형수가 되었고, 라이칸이 사형을 집행하는 자들로 보이는 모양새다.

이미 비전력 사용에 라이칸의 공격까지 받은 상태.

보주화는 물론 펼쳐 놓았던 내 마법 전부가 사라졌고, 난 아무리 마법을 새로 구현하려 해도, 마법은 나오지 않았다.

이미 무리한 비전력 사용으로 인해 완전히 방전된 상태가 되고 말았던 것이다.

게다가 땅에 박힌 라이칸의 발톱 때문에 몸을 움직이지도 못한다.

라이칸이 발톱에 더욱 힘을 주자, 난 그대로 무릎을 꿇게 되었다.

"······키에나, 너 지금 뭐 하는 거야?"

"조각이, 모이는 곳으로."

에드 분교 3클래스에서 마법의 주문처럼 중얼거렸던 그 말.

지금 이 순간, 키에나에게서 그 모습이 다시 나왔다.

그러나 그 말은 키에나만 하는 게 아니었으니.

"조각이, 모이는 곳으로."

쿠로도 키에나와 똑같은 말을 주문처럼 읊었다.

둘의 답이 끝나는 순간, 소름 끼치는 소리가 뒤를 이었다.

끼이이이이이익······.

300년 넘게 굳게 닫혔던 철문이 열리는 소리다.

"······아아."

철문이 조금 열리자마자 안에선 뿌연 먼지가 밖으로 터져 나왔다.

그저 300년 넘게 묵힌 먼지가 새로운 공기를 만나면서 밖으로 퍼지는 현상일 뿐인데 그것이 마치 마법으로 보일 정도다.

뿌연 먼지 때문에 철문은 가림막 마법이라도 친 듯이, 아무것도 보이지 않았다.

터벅, 터벅.

그러나 분명하게 누군가 걷는 소리가 들려왔다.

난 알 수 있었다, 저 발소리의 주인을.

"……사일러드."

어떻게든 막아야 했던 봉인 해제가 전혀 예상도 하지 않았던 두 학생으로 인해 깨진 순간이다.

에타르는 헤이와 델세르를 데리고 포털 속에서 헤매는 중이다.

온통 깜깜해서 앞도 제대로 보이지 않는 포털 속.

특히 델세르는 이런 현상이 의아했다.

그녀가 여태껏 이용했던 포털에선 이런 현상이 아예 없었기 때문이다.

본래 포털을 넘으면 바로 목적지가 나온다.

그런데 에타르가 복구한 이 포털은 포털 속에 길이 있으며, 그 길을 걸어야 하는 유형이었다.

델세르도 처음 보는 유형의 포털이기에 더욱 불안에 떨었다.

게다가 에타르가 만든 포털인데도 온통 검은색으로 치장되어 있으니, 불안감은 더욱 증폭되었다.

　마치 앞도 보이지 않는 검은 미로를 계속 도는 느낌이었다.

　"……에타르 님, 포털 이거 정상적인 거 맞아요?"

　이미 체감상으로 10분 이상을 계속 걸었는데도 도무지 출구가 나오지 않았다.

　"아니, 비정상이지."

　에타르는 오히려 무덤덤하게 답했다.

　"……왜 포털이 이런 거죠?"

　"타일런트가 대마법사가 되면서 이 길을 막아서 이렇게 된 거야."

　포털의 길을 막으면 이렇게 된다는 것을 처음 안 순간이다.

　하지만 길을 다시 뚫은 에타르도 제대로 된 길을 찾을 수 없었다.

　그도 그럴 것이, 타일런트가 가진 마력은 에타르보다도 현저하게 강력하고 높기 때문에 그의 마력을 뛰어넘지 못하는 것이다.

　'……아르키스 님이 우리에게 안 계셨으면 이거, 무조건 졌을 싸움이군.'

　에타르도 이 포털을 들어오고 나서야 타일런트가 가진 힘을 대략적으로나마 가늠할 수 있었다.

아르키스 님이 자신의 분교에서 환생한 것을 천운이라고 여겼다.

하지만 그저 안도하고 있을 수는 없었으니, 바로 출구의 위치 때문이다.

이렇게 하염없이 걷는 것은 의미가 없다고 판단해, 에타르는 손을 들어 올렸다.

델세르가 자신의 휠체어를 끌고 있기에 멈춰 달라는 뜻이었다.

"왜요?"

에타르가 보인 손짓의 의미를 곧장 알아차린 델세르가 멈춰 서며 물었다.

"계속 걷는다고 달라질 거 없……."

그런데 에타르와 델세르는 멈췄는데, 헤이는 무덤덤하게 어딘가로 향해 걸었다.

앞이 보이지도 않는 온통 검은 배경인데, 당당함과 확신이 느껴지는 걸음이었다.

"……헤이 학생?"

에타르가 의아해하며 묻자, 헤이는 그를 향해 몸을 돌렸다.

"……헤이 학생, 눈이 왜 그러지?"

그 순간 에타르와 델세르는 표정이 굳어졌다.

헤이의 초점이 완전히 사라진 상태였다.

그리고 한마디를 중얼거렸다.

"조각이, 모이는 곳으로."

"……"

그 답을 들은 순간 에타르는 표정이 심각하게 변했다.

저 말은 그의 스승인 아르키스 에이머를 통해 이미 들은 적이 있는 말이니까.

에드 분교 3클래스에서 보였다는 이상 증세가 이 포털 속에서 다시 나왔다.

헤이는 답하고 나서 다시 몸을 돌려, 발걸음을 뗐다.

분명히 목적지를 알고 있는 당당한 발걸음이다.

그것을 보고 에타르는 한 가지 생각이 떠올랐다.

"델세르."

"네."

"일단 헤이를 따라가자."

"헤이 상태가 정상이 아닌 거 같은데……?"

"아니야. 따라가야 해, 적어도 지금은."

델세르는 의아했지만, 에타르는 분명히 확신했다.

헤이를 따라가면 꼭대기에 도착할 수 있다는 것을.

'아르키스 님은 분명히 말씀하셨어, 두 학생이 사일러드와 연관이 있다고. 그 말씀이 맞는 것 같구나…….'

자신은 길을 제대로 찾지도 못하는 중인데, 헤이가 그 말을 중얼거리며 걷는 걸 보고 깨달은 것이다.

그는 사일러드의 기운이 느껴지는 쪽으로 걷는 중이라는 것을.

그리고 그것은 곧, 헤이가 사일러드와 깊은 연관이 있다는 추측이 맞다는 증거이기도 하다.

"대신 거리 조금 벌려, 델세르."

"알겠습니다."

에타르와 델세르는 헤이를 미행하듯, 뒤를 따랐다.

분교 입구.

임펠이 이끄는 에드 가문의 마법사와 데이먼의 대마법사 친위대.

12 대 6의 싸움이 시작된 지 그리 오래 지나지 않았을 때, 승패의 윤곽이 서서히 드러나기 시작했다.

데이먼을 포함한 열두 명의 친위대원 중 벌써 여섯 명이 바싹 탄 상태로 미동도 없었다.

반면에 에드 가문의 마법사들은 건재했다.

그저 조금 지친 기색만 내비칠 뿐이었다.

하지만 아직도 격렬하게 싸우는 둘이 있었으니.

바로 데이먼과 임펠이다.

데이먼은 빙결 보주화까지 띄워 쏟아부을 수 있는 빙결 마법 전부를 쏟아부으며 임펠을 공격했다.

임펠도 똑같이 보주화를 띄워 놓고, 그가 개발한 마법 '분실물'을 시전하며 데이먼을 괴롭히는 중이다.

역량 높은 두 마법사의 싸움으로 인해 분교 입구엔 공존할 수 없는 두 개의 날씨가 공존하는 형상까지 벌어졌다.

데이먼이 있는 쪽은 몸과 마음이 그대로 얼어붙는 한파가.

반면에 임펠이 있는 곳은 뜨거운 폭염이다.

하지만 근본적으로 차이가 있었으니, 임펠이 구사한 화염은 적에게 있어선 녹아내릴 듯한 뜨거움 그 자체지만, 아군에겐 포근한 힘을 전해 주는 이중적인 힘을 낸다는 것이었다.

"이것 봐. 여전히 못 찾았잖아."

임펠은 여유로운 목소리를 냈다.

분실물 마법을 사용하면서 그의 몸체는 불꽃이 되어 공중을 활보하면서 한 말이다.

"······."

반면에 데이먼은 여전히 방어에만 급급했다.

그의 마법이 임펠의 몸체에 닿은 적도 없었다.

정확히 말하면 닿을 수 없다고 표현하는 게 옳았다.

분명히 닿기 위한 시도는 행하였는데, 무언가가 자꾸 앞을 막는 것처럼 그의 빙결 마법이 임펠의 곁으로 가기만 하면 맥없이 녹아내리기 일쑤였다.

"궁금하지?"

쩌적-!

임펠은 여유로운 질문이 날아듦과 동시에 그의 마법이 데이먼의 빙결 마법을 때렸다.

겉보기엔 보잘것없는 화염인데도 빙결 보주화 표면이 조금 녹아내린 것을 느꼈다.

매끈한 물이 생긴 것이 분명하게 보였다.

"뭐, 어차피 마지막이니까 친절하게 알려 줄까? 내가 선생님이라도 된 것처럼 말이야."

일부러 데이먼의 자존심을 긁는 말이었다.

평생을 자신의 밑에만 있던 존재가 어느 한순간 위에 선 것을 이제는 인정하라는 협박이기도 했다.

"너 따위가?"

당연, 데이먼에겐 씨알도 안 먹힐 말이다.

단순한 신분의 문제 따위가 아니다.

불 원소 주제에 물 원소를 뛰어넘었다는 기고만장함이 데이먼의 눈에 달갑게 보이지 않았을 뿐이다.

"아쉽군. 그래도 현명한 마법사라면 일단은 들어 보기라도 했을 것 같은데."

임펠은 고개를 절레절레 저었다.

한심하기 그지없다는 반응이다.

"……쥐새끼가 수준 맞춰 주니 신나서 사리분별도 못 하는군."

　도리어 임펠의 도발은 데이먼을 각성하게 만드는 물약 역할을 했다.

　"이건 꺼내기 싫었는데."

　그리고 데이먼은 여태 임펠이 본 적 없는 마법을 꺼냈다.

　그가 띄워 놓은 빙결 마법 보주화가 나무 모양으로 변하더니 데이먼의 몸을 덮었다.

　'저 나무…….'

　임펠의 눈에는 꽤 친숙한 모양의 나무다.

　바로 본교 정원에 있는 나무와 똑같이 생겼기 때문이다.

　'언제 저런 마법을 만든 거지……?'

　하지만 본 적이 없기에 어떤 효과를 가진 마법인지는 알수 없었다.

　이제 알아내야 하는 것이 임펠에게 주어진 과제다.

　데이먼의 몸을 덮은 나무는 하늘을 향해 얼음으로 된 나뭇가지를 길게 뻗었다.

　그 모양새를 보자면 꼭 본교 입구인 이곳이 본교의 정원이 된 듯했다.

　그리고.

　쩌저적-!

　뻐억-!

　"크헉……!"

어딘가 얼음이 어는 소리가 들리더니, 외마디 비명이 터져 나왔다.

임펠이 황급히 비명을 지른 사람을 쳐다보니 뜬금없게도 친위대원 중 하나였다.

친위대원의 몸체 한 부분이 터져 나갔고, 피를 흘리며 주저앉아 고통을 호소하는 중이었다.

'뭐지? 왜?'

상처 부위를 보니 에드 가문의 마법사의 마법을 받고 저런 부상이 생긴 게 아니었다.

결정적으로, 친위대원의 상처 부위가 화상이 아닌 동상으로 인한 것이라는 점을 감안하면 데이먼의 마법에 의한 것임을 알 수 있었다.

'일부러 친위대원을 공격했을 리는 없고.'

데이먼이 그렇게 무식한 놈이 아니라는 걸 임펠은 적어도 잘 안다.

더군다나 수적 우세였던 친위대원들이 점점 우세를 잃고, 이젠 수적으로도 동등한 상태가 되었다.

그 뜻은 무엇인가?

우세였던 건 어디까지나 머릿수였지 절대 역량이 아니라는 뜻이다.

본래 열두 명이었던 친위대원 전부를 합해도 고작 여섯 명인 에드 가문을 넘지 못한 상태에서 제 손으로 아군의 수마

저 줄일 머저리가 아니다.

쩌적-!

임펠이 상황을 파악할 때, 아무것도 없는 허공에서 주먹 크기의 얼음이 생겼다가 사라졌다.

그 수가 하나도 아닌, 셀 수 없을 정도로 많았고 동시다발적이며 위치도 정해진 게 아니었다.

마치 얼음으로 이루어진 불꽃놀이를 보는 듯했다.

쩌저적-!

퍼벅-!

"끄억!"

어디에 생성될지 모르는 얼음을 다시 친위대원이 맞아 버렸고 그 자리에서 쓰러졌다.

"꺄악!"

이번엔 친숙한 목소리다.

임펠이 황급히 뒤를 돌아보니, 스파클이 맞고 무릎을 꿇었다.

'그렇구나……. 이건 데이먼이 조절할 수 없는 마법이야.'

지금의 현상을 보고 임펠은 바로 파악할 수 있었다.

나무 모양으로 바뀐 빙결 보주화.

그 속에 스스로를 가둔 데이먼.

데이먼은 분명 눈을 뜨고 있음에도 생기가 전혀 느껴지지 않았다.

생명은 있지만, 자아가 없는 그런 상태로 보였다.

어디에서 생길지 모르는 얼음들로 공격하는 방식이며, 아무것도 없는 허공에 갑자기 생성되는 것이니 플레우드들의 마법과 상당히 유사한 상태다.

게다가 여태까지 보인 적 없는 마법을 지금 꺼내는 것도 쉽게 짐작이 갔다.

'자신 외에 움직이는 것은 전부 죽인다.'

오로지 이 목적을 충족하기 위한 마법이다.

그를 가둔 나무 모양의 빙결 보주화는 자신을 보호하는 든든한 갑옷인 셈이다.

데이먼이 사용할 수 있는 마법 중 가장 강력한 마법이지만, 도리어 치명적인 단점이 있었으니.

바로 제어할 수 없어 아군이 섞인 상태에서는 꺼낼 수 없었던 비밀이 숨겨진 것이다.

어차피 마지막 싸움.

아군의 희생 따위는 고려할 문제가 아니다. 그저 이 전투가 끝났을 때, 당당히 서 있는 게 자신이면 되는 이기적인 마법이다.

임펠도 다가올 얼음을 예측해 방어하는 건 불가능했다.

"다들 모여!"

이럴 땐 오히려 흩어져 있는 게 독이다.

임펠은 즉시 에드 가문 마법사들을 한곳에 모았고 일단 스파클의 상태를 살폈다.

"스파클, 괜찮아?"

스파클이 맞은 부위는 손등.

그녀는 이미 손등이 파랗게 질려 바들바들 떨고 있었다.

고통 때문에 떨리는 손을 제어할 수도 없는 상태였다.

"끄흐윽…… 끄흑……."

스파클은 대답 대신 신음만 흘렸다.

"일단, 방어 마법을 전부 펼친다."

그렇게 부상당한 스파클은 제외하고 다섯 명의 에드 가문 마법사들은 아치형의 동그란 불덩이를 만들었다.

불 원소 방어막을 펼쳐 데이먼의 공격을 일단 방어하고, 파훼법은 천천히 찾아보려 했으나…….

쩌적-!

데이먼의 마법이 그들이 펼쳐 놓은 방어막에 닿자마자 방어막엔 구멍이 생겼다.

그 구멍이 메꿔지기도 전에.

쩌적!

이번엔 방어막 안에서 데이먼의 얼음이 생성되는 소리가 들렸다.

"어억!"

털썩!

외마디 비명과 함께 쓰러진 이가 있었다.

에드 에버.

그의 이마에 데이먼의 마법이 닿았고 그 순간 에버는 모든 힘을 잃고 풀썩 쓰러졌다.

마치 젠가가 허무하게 무너진 것처럼, 건재했던 에버가 한순간에 시체로 바뀐 순간이었다.

"……에버?"

임펠은 당혹함을 감추지 못하며 에버의 맥을 짚었지만, 확실히 숨이 끊겼다.

이렇게 되면 다 같이 모여 방어막 마법을 펼친 것도 오래 가지 못하고 에드 가문 마법사 전원이 에버의 최후와 똑같이 된다.

"뭐라도 좀 해 봐! 임펠!"

스파클은 공격당한 손을 잡으며 분노에 찬 목소리로 소리쳤다.

현재 이곳에 있는 에드 가문 마법사 중 임펠이 가장 강하며 데이먼이라는 마법사를 잘 알고 있으니, 어서 파훼하라는 재촉이다.

쩌적-!

"끄윽!"

하지만 애석하게도, 이번엔 임펠의 어깨에 데이먼의 마법이 적중했다.

마치 관절이 뚝 끊긴 것처럼 임펠의 팔은 무기력하게 축 늘어졌다.

임펠을 시작으로 안에 모인 에드 가문 마법사 전원이 이제 데이먼의 공격 대상이 되었고, 여기저기 적중당하기 시작했다.

그나마 다행스러운 점이 있다면, 에버처럼 머리에 직격탄을 맞진 않아 즉사는 하지 않았단 것이다.

'그럼 뭐…… 이대로라면 다 죽는다고……!'

스파클은 얼음에 농락당하는 형제들을 바라봤다.

방어도 하지 못해 무기력하게 당하는 모습은 그녀를 더욱 분노케 만들었다.

'우리가 이러려고…… 이렇게 허무하게 지려고…… 그런 개고생을 한 거야? 아니잖아……!'

자신의 나약함 때문에 나오는 분노다.

화르륵—!

그런 분노 상태가 되니, 스파클은 다시 감정이 요동쳤다.

그녀의 몸에서 실타래처럼 터진 용암 줄기.

현 대마법사 드라코 타일런트를 끌어내기 위해 살았고, 노력했던 자신들이 타일런트는커녕 고작 친위대장 라믹 데이먼에 의해 부서지는 무기력함에 화가 잔뜩 난 것이다.

그리고 스파클의 이성도 이제 감정에 먹혀 폭주 상태가 되려던 그때.

뜬금없는 기억 하나가 눈에 보이는 영상처럼 재생되었다.

"이만 돌아가. 해결 방안은 직접 찾으라고. 명색이 7서클 마법사라면."

에드 분교 6클래스에서.

아르키스 에이머에게 보다 더 강해지고 싶은 마음에 과외를 요청했을 때 그가 거절하면서 한 말이다.

그리고 이어지는 또 다른 기억.

"에휴…… 저것 봐, 저 성격. 저것만 고치면 참 괜찮은 마법사가 될 거 같은데."

선술집 지하에서 니드, 바이스 팀과 대련을 마쳤을 때 분해하던 자신을 향해 니드가 남긴 말이다.

"……."

그 순간, 스파클은 많은 생각이 들었다.

왜 갑자기 목숨이 위태로운 이 순간에 두 기억이 차례대로 떠오르는 걸까.

마치 누군가가 가르침을 주는 것처럼.

"그렇……구나."

스파클의 요동쳤던 감정은 차분하게 급변했다.

그녀는 깨달음을 얻었다.

강해질 수 있는 방법은 이미 자신에게 있었는데, 정작 알아차리질 못했던 것이다.

조절이 안 되는 이 감정.

이걸 반대로 조절만 할 수 있다면, 분노에 쉽게 휩싸이지 않고 평온함을 유지한다면.

지금보다 훨씬 강해질 수 있다고 이미 여러 차례 주위 사람들이 말했던 것이다.

'그래, 맞아. 이 상황에서 내가 화를 내 봤자 달라지는 건 없어. 다 같이 죽으려고 온 거 아니잖아?'

끓었던 분노는 마치 스파클이 물 원소사라도 된 것처럼, 금방 차디차게 식었다.

그리고 그녀가 시선을 데이먼에게 고정하고 집중했을 때.

또 하나의 변화가 일어났다.

펑!

퍼버버벙!

바로 그녀의 용암이 본교 입구 땅 전체를 덮었고, 어디에 생성될지 모르는 데이먼의 얼음을 전부 요격하기 시작한 것이다.

'이상하다…… 나도 감지 못하는 중인데. 어떻게 이게 가능하지……?'

스파클의 의도가 아니다.

마법에게 자아라도 있는 듯이, 그녀의 마법이 자동적으로 움직여 전부 막아 주는 중이다.

"스파클······?"

임펠은 그 순간 파훼의 희망을 보았다.

'이거라면····· 가능하겠어.'

"고맙다! 스파클!"

스파클 덕분에 틈이 생겼다.

임펠은 곧장 보주화를 용암으로 바꾸며 데이먼의 머리 위에 띄웠다.

그리고 이미 바닥에 깔린 스파클의 용암을 자석이라도 된 것처럼 끌어당겼다.

치지지지지직······!

데이먼의 나무 모양 보주화를 타고 올라오는 스파클의 용암.

그 용암은 임펠의 보주화와 합쳐져, 더욱 힘을 받아 맹렬한 열기로 데이먼을 녹이기 시작했다.

어느 순간 데이먼의 공격도 멈췄다.

치이이익-!

그리고 나무도 완전히 녹아내려, 아예 사라졌다.

데이먼이 소리도 없이 용암으로 변한 것이다.

본교 2층.

니드는 웝을 제압하고, 클레어와 케이가 있는 곳으로 왔다.

두 학생이 다른 학생들을 전부 모은 곳은 강당.

아무래도 모든 학생을 모으고 설득하기에 가장 적합한 장소는 강당이었다.

니드는 그래도 웝에게 당한 부상 때문에 절뚝거리며 강당에 도착했을 때.

"언니! 괜찮아요?"

클레어가 호들갑을 떨며 그녀를 부축했다.

"어, 고맙다."

그렇지 않아도 걷기 불편한 참인데 누군가가 부축해 주니, 확실히 한결 나았다.

케이도 눈치껏 니드 옆으로 와 반대쪽 팔을 자신의 목에 걸어 부축해 주려던 찰나에.

"이 엉큼한 자식 좀 보게?"

"……네?"

뜬금없는 소리에 케이는 정말로 당황했다.

"걷기 힘드시잖아요……. 부축해 드리려고…….."

"네가 부축하면 네 볼에 내 어디가 닿아?"

그 말에 케이는 자동적으로 시선을 통해 계산했다.

니드는 원체 키가 커서 눈높이가 케이보다도 살짝 컸다.

그런 탓에 그녀의 말대로라면 니드의 가슴이 볼에 닿는다.

순식간에 케이는 얼굴이 빨갛게 변하며 다급한 손짓을 보였다.

"아니! 그런 게 아니고!"

"알면 놔라?"

"네, 넵!"

오해받기 싫었던 케이는 니드의 팔을 다급히 뿌리쳤다.

"……그래도 살 만하신가 보네요. 그런 농담도 곧잘 하시고."

"아니, 죽을 거 같거든. 본교 교수는 달라도 뭐가 다르긴 하네."

케이도 니드가 왜 저런 쓸데없는 말을 했는지 잘 알았다.

바로 강당에 모인 학생들 때문이다.

설득에 애를 먹진 않았지만, 그래도 그들이 여태껏 노력한 게 전부 헛된 수고였다는 걸 알게 된 학생들은 무기력함과 허탈감을 호소했다.

게다가 머릿속이 상당히 혼란스러운 게 눈에 훤히 보였다.

니드는 들어오자마자 학생들 심리를 파악했던 것이다.

아니, 파악이랄 것도 없을 거다.

자신도 과거에 저런 적이 있었으니까.

그래서 더욱 무거운 분위기를 연출하는 것보다, 이렇게 웃고 넘기는 상황을 보여 줌으로써 학생들 긴장을 풀어 주고 싶었던 마음이다.

클레어와 케이가 니드를 처음 봤던 그날에도 니드는 이런 식으로 긴장을 풀어 줬으니까.

실제로 효과는 있었다.

혼란스러운 그 와중에도 니드의 행동을 보고 '픞.' 하며 작은 폭소를 흘린 학생이 소수 나왔다.

"애들이랑 말은 좀 통했어?"

긍정적인 신호를 식별한 니드는 곧장 본론으로 넘어갔다.

"네."

"그래? 2층은 이렇게 정리했고……. 나머지는 뭘 어떻게 해야 할지 모르겠네."

니드도 지금 상황에선 다음 행동을 설정하지 못했다.

조각사의 이번 계획엔 크게 두 가지가 있다.

첫째는 당연, 꼭대기에 있는 타일런트를 없애고 꼭대기를 차지하는 것.

하지만 이 계획은 니드가 관여할 수 없다.

애초에 꼭대기로 가는 사람은 정해져 있었고, 지금의 그녀는 그 무리에 속할 수 있는 상태가 아니니까.

그리고 남은 두 번째는 본교에 있는 무고한 학생을 최대한 밑의 세계로 보내는 것.

조각사와 드라코 가문의 싸움에 휘말려 다치거나 목숨을 잃는 경우를 방지하기 위함이다.

일단 1층과 2층은 순조롭게 진행했지만, 문제는 나머지 층이었다.

니드는 모브를 활성화하고, 메시지 하나를 보냈다.

임펠에게 보내는 것이다.


─나머지 층은 어떻게 할까, 임펠?


하지만 아무리 기다려도 그에게 답장은 오지 않았다.

'임펠은 본교 입구에서 친위대를 맡기로 했었지…….'

이렇게 긴 시간 동안 답장이 오지 않는다는 건, 그쪽도 예기치 못한 어려움을 겪고 있다는 방증이다.

임펠의 답장이 오기만을 기다릴 수도 없는 노릇.

그렇다고 자신이 나서서 나머지 3층부터 6층까지의 학생을 전부 빼 오는 것도 무리였다.

윕과의 전투로 인해 부상이 심하기도 하거니와 각 층에 있는 교수들을 전부 감당할 수 없는 현실적인 문제가 존재했다.

"언니, 다음 층으로 갈까요?"

클레어가 심각한 표정을 지으며 고민하는 그녀에게 물었다.

니드는 한참이나 다시 생각하고 답했다.

"아니, 클레어 너는 애들 데리고 밑의 세계로 가."

"……네? 나머지 층은 어떡해요?"

"그건 내가 알아서 할게. 자, 이제 너의 임무는 학생들을 데리고 밑의 세계로 가는 것. 나 조각사 선배다? 명령이야, 이건."

"……"

명령을 강조하니 거절할 권리 따윈 없다.

그러니 순순히 따르라는 강압적인 태도다.

'학생들까지 끌고 다음 층으로 향할 순 없어. 2층 교수한테도 이 꼴인데 위에 있는 교수들은 더 힘들 거야.'

하지만 니드는 복합적인 계산을 한 끝에 그런 결론을 내린 것이었다.

그렇기에 일단 보낼 수 있는 학생들부터 보내고, 나머지는 차근차근 보낼 생각이었다.

'처음 계획도 전부를 살릴 생각은 아니었어. 최대한 많은 학생이었지. 일단 나는…… 1층으로 가서 임펠 쪽과 합류해야겠네.'

1층의 적은 또 친위대장 라믹 데이먼이지 않던가?

그렇기에 자신이 가면 도움이 된다고 생각했다.

일단 친위대를 먼저 말끔히 처리하고, 임펠과 함께 나머지 층을 올라가면서 최대한 많은 학생을 밑의 세계로 보낼 계획을 세웠다.

"가자!"

생각이 완전히 정리된 니드는 클레어와 케이를 이끌었다.

그리고 그 둘에게 설득당한 학생들은 오리 새끼들처럼 클레어와 케이의 뒤를 졸졸 따라갔다.

그렇게 도착한 웨이 포인트가 있는 비밀 장소.

그 앞에 서서 니드는 클레어와 케이에게 강조했다.

"학생들이 계속 밑의 세계 선술집으로 모일 거야. 너희 둘은 이쪽 생각 하지 말고, 거기에서 교통정리나 해."

"하지만……."

클레어는 니드와 함께하고 싶었다.

그녀에게서 많은 것을 배우기도 했고, 실질적인 도움이 되고 싶다는 그녀만의 욕구가 앞섰기 때문이다.

"명령이야."

하지만 위험한 건 위험한 것.

니드는 매몰차게 딱 잘라 말했다.

"……알겠어요."

"그래, 부탁 좀 한다. 그리고 케이."

"네! 누나."

"네 여친 케어 잘하고. 알았어? 케어 잘하는 남자가 일등 신랑감이야. 알아?"

"……뭔 또 쓸데없는 말이에요, 그게? 꼭 다신 안 볼 것처럼 말씀하시네."

"그런 거 아니니까 빨리 데리고 가."

그렇게 케이의 등을 먼저 떠밀며 밑의 세계로 보냈다.

전부 다 보내고 난 뒤에 니드도 웨이 포인트를 이용해 1층
으로 향했다.

❀

"끄응……."

1층에선 여전히 레지가 학생들을 상대로 애를 먹는 중이
다.

자신의 마법으로 한곳에 모으는 데는 성공했으나, 설득하
는 데는 진전이 없었다.

레지는 점점 더 조급해졌다.

'이렇게 시간 끌릴수록 밖은 더 위험할 텐데…….'

본교 입구에서 친위대원을 상대하고 있을 에드 가문의 마
법사들.

그들에게 힘이 되지 못하고 여기에 붙잡혀 시간만 축내는
자신이 한탄스러웠을 때.

쩌저저적-!

강당에 갑자기 얼음이 드리웠다.

'설마……?'

얼음을 보고 레지는 등골이 오싹했다.

'임펠 님이…… 당하신 건가?'

라믹 데이먼의 얼음 같았기 때문이다.

"야, 이 머저리 같은 게!"

그러나 얼음 속에서 들린 건 익숙한 여성의 욕설이었다.

ﾟ⁂ﾟ

모습을 드러낸 사일러드.

하지만 난 그의 모습을 보고 미간을 찌푸렸다.

내가 알던 사일러드의 모습이 아니다.

본래 그는 검사들처럼, 몸에 근육이 가득했다.

그런데 지금의 사일러드는 미르네 카비르처럼 피골상접한 상태로, 비쩍 마른 병자의 몸을 하고 있었다.

심지어 걷는 것조차 힘에 부치는지, 다리와 온몸을 덜덜 떨었다.

그리고 머리카락은 전부 빠져 민머리인 상태.

그가 저 철문에 갇힌 것이 이미 300년이 훌쩍 넘었다.

4층에서 열렸던 마지막 제단인 그리핀의 상태를 통해 사일러드의 상태가 많이 쇠약해진 것을 짐작은 했지만, 이 정도로 난치병에 걸린 환자 몰골일 줄은 상상도 못 했다.

사일러드가 철문에서 나오자 호탕하게 웃는 이가 있었다.

"크하하하하!"

바로 타일런트다.

난 여전히 키에나의 라이칸 발톱에 관통된 상태.

마법을 구현하려고 할 때마다 라이칸은 발톱을 통해 어둠 원소 마법을 시전하며 내 집중을 방해했다.

라이칸의 방해 때문에 난 아무것도 할 수 없는 지경에 놓이고야 말았다.

'신물이 직접 원소 마법을…….'

똑같다.

사일러드의 신물도 그러했는데, 지금은 키에나의 신물이 약 450년 전의 보름달 전투 악몽을 재현하는 중이다.

짝, 짝, 짝, 짝.

타일런트는 느긋하게 손뼉을 치며 사일러드의 앞으로 다가가며 말했다.

"그래, 어차피 깰 봉인이었는데. 잘했다, 학생들이여. 왜 너희가 그걸 깼는지는 모르겠지만, 상관없어. 어차피 내가 원하던 걸…….."

그의 말이 채 끝나기도 전에.

촤학-!

키에나는 그 짧은 사이에 라이칸 한 마리를 더 소환했고, 타일런트를 공격했다.

미처 예상도 못 한 공격에 타일런트는 가슴을 베였다.

"……."

곧바로 이어서 쿠로는 어둠과 바람이 정확히 반의 비율로 섞인 보주화를 띄웠다.

꼭대기에 불어닥친 검은 바람.

바람은 철문에서 막 나온 쇠약한 사일러드를 감쌌다.

"이것들이 미쳐서……."

갑자기 공격한 것도 모자라 이젠 자신을 향해 보주화까지 띄운 두 학생의 모습에 격분한 타일런트.

검은 송곳 다발을 사일러드를 향해 날린 그 순간.

쿠로의 보주화가 세차게 회전하며 타일런트의 검은 송곳 전부를 튕겨 냈다.

"……."

나도 입을 멍하니 벌리며 바라보게 되는 광경이다.

이 일이 있기 전에 나와 몇 차례의 합을 주고받아 평소보다 많은 힘을 사용했다고 하더라도…….

고작 학생에 지나지 않은 쿠로의 보주화에 저렇게 쉽게 막힐 공격은 결단코 아니었기 때문이다.

"크크큭…… 크큭……."

사일러드는 어깨를 들썩이며 기분 나쁜 미소를 흘렸다.

얼마나 몸이 쇠약한지 웃으며 들썩이는 어깨도 고통으로 다가왔는지, 표정은 찡그렸다.

"그래…… 나의 조각들이여."

그리고 그가 드디어 뱉은 한마디.

그 순간, 난 등골이 오싹했다.

"조각들……."

키에나와 헤이가 입버릇처럼 말했던 그것.

그 단어가 다시금 타일런트의 입을 통해 나왔을 때, 어딘가 잘못되었다는 것을 직감적으로 알아차렸다.

나도 그들이 사일러드와 연관이 있을 거라곤 예상했지만, 본능적으로 안 것이다.

내 예상보다 훨씬 심각하고 대단한 실체였다는 것을.

절대 이 세상에 존재해선 안 될 만큼, 재앙적인 실체를 가진 어떠한 것이라는 것을.

사일러드가 그 말을 뱉자마자 키에나와 쿠로는 양옆에서 무릎을 한쪽만 꿇은 상태로 앉았다.

"조각은 총 다섯 개. 그런데…… 내 눈에 보이는 조각은 어떻게 세 개뿐이지?"

이제 사일러드의 시선은 타일런트로 향했다.

"그렇군. 하난 네가 가져가 버렸구나? 드라코 타일런트."

아쉬움이 조금 묻어나긴 했으나 그렇다고 절망적인 목소리도 아니다.

그저 덤덤했다.

"……무슨 뜻이지?"

반면 잔뜩 경계하며 되묻는 타일런트.

그도 본능적으로 안 것이다.

본래 사일러드가 가진 힘 96%나 이미 흡수한 봉인석도 깨진 지금.

그는 이제 전성기 때 가진 힘 전부를 간직한 몸이다.

내뿜는 마력이 격이 다르다.

고로, 본능이 알려 주는 중이다.

'피해라. 네가 상대할 수 있는 상대가 절대 아니다. 위험한 존재다.'라고.

"네가 가져간 조각은…… 물 원소인가? 뭐, 상관없나. 어차피 핵심은 아니었으니까."

사일러드는 알 수 없는 소리를 해 댔다.

그의 눈엔 도대체 무엇이 보인다는 건가.

어떻게 보는 것만으로도 알 수 있는 건가.

궁금해도 알 수 없었다.

그리고 중요하지도 않다.

지금 중요한 것은 사일러드의 봉인이 완전히 깨져 버렸다는 것이다.

사일러드는 타일런트에게 별 흥미 없다는 반응을 보이고, 시선을 옮겼다.

그의 시선이 고정된 목표는 바로 라이칸에 찔려 속박당한 나였다.

"아르키스 에이머, 네가 어째서 그 안에 있지?"

그가 나를 보자마자 한 소리다.

상당히 불쾌한 표정을 짓고서.

"……사일러드."

난 사일러드와 시선을 맞췄다.

그는 팔짱을 낀 상태로 무언가 생각하더니, 이내 정답을 얻은 것처럼 천천히 고개를 끄덕였다.

"그래, 왜 갑자기 조각 하나가 사라졌나 했더니…… 그 훼방꾼이 너였나? 아르키스 에이머. 참 끈질기게도 귀찮게 하는구나. 예나 지금이나."

"너……."

내가 따지려고 들 때, 그는 느긋하게 손짓 하나를 보였다.

검지만 세운 손가락을 자신의 입술로 가져다 댔다.

나에게 하는 말이다.

조용히 하고 있으라는.

"궁금한 거 아닌가? 어떻게 널 보자마자 아르키스 에이머 너인 줄 알았던 건지."

"……."

그래, 궁금하다.

하지만 수긍하긴 싫다.

난 그래서 입을 꾹 다물고 사일러드만 노려봤다.

그때, 타일런트가 수상한 움직임을 보였다.

사일러드의 신경이 내게 쏠렸을 때 무방비한 그를 제압하고 그에게 드레인 스펠을 시전하려는 생각이라는 걸 나도 단번에 알아차렸다.

하지만.

휘이이이잉-!

다시 불어닥친 검은 바람.

바람은 타일런트를 속박하고 허공에 띄웠다.

나도 쉽게 알아차릴 타일런트의 수를 사일러드가 모를 리가 없었다.

나와 대등하게 맞서던 그 타일런트가 저렇게 맥없이 당하는 것도 의아했다.

"드라코 타일런트, 한낱 벌레 주제에 귀찮게 하지 말거라."

허공에 뜬 타일런트를 향해 새롭게 소환된 라이칸 두 마리가 섰다.

이것도 키에나가 소환한 라이칸이다.

"무릇 성급한 놈은 자신에게 할당된 명을 다 채우지 못하는 불운을 가지지."

사일러드가 그 말을 뱉자마자, 라이칸 두 마리는 발톱으로 타일런트를 난자하기 시작했다.

소환한 건 키에나지만, 사일러드의 명령을 깍듯이 따르는 중이었다.

"끄아아아악-!"

피가 터지며 온몸이 찢어지는 고통을 겪는 타일런트.

그의 비명은 오래가지 않았다.

그의 비명이 끊어졌어도 라이칸의 발톱 난자질은 계속되

었다.

그것이 300년 넘게 마법 사회를 장악했던 타일런트의 허무한 최후였다.

"내 조각 중 하나를 가져간 벌이다. 너 때문에 쓸 수 없게 되었잖아."

"……타일런트."

어떻게 저렇게 간단하게 사일러드에게 요리될 수 있을까.

플레우드 보주화를 띄운 상태에서도 나와 대등하게 맞선 놈이었는데.

타일런트의 시체는 이미 너덜너덜해져 형체도 제대로 알아보기 힘들었다.

아니, 정녕 저것이 사람'이었던' 게 맞나 싶을 정도로 상태가 심각했다.

"자, 이제 우리 서로에게 집중해 볼까, 아르키스 에이머."

"……사일러드."

"조각들이여."

사일러드가 두 학생에게 명령했다.

여전히 두 학생은 한쪽 무릎을 꿇고 앉은 채다.

"본래의 모습으로 돌아오자꾸나. 많이 기다렸단다."

인자한 목소리를 낸 사일러드.

그 직후, 두 학생의 몸체가 검은 기류로 변했다.

몸이라는 형체는 사라지고, 어느덧 두 학생은 마름모 모양의 작은 조각으로 변했다.

'……어떻게 된 거지?'

저런 마법.

난 본 적도, 들은 적도 없다.

사람을 조각으로 만드는 마법이라니.

그렇게 생각하던 때.

사일러드는 조각을 손에 쥐고, 자신의 입으로 털어 넣었다.

콰직—!

그리고 조각을 씹어 먹기 시작했다.

"크크크큭…… 크크크큭…… 네 제자였던 드라코 타일런트도 멍청하던데, 넌 어떻게 그런 멍청한 제자한테 당한 거냐? 아르키스 에이머."

조각을 씹으면서 그는 환희에 찬 표정을 짓고 내게 말했다.

'저 표정…….'

타일런트가 성배를 들이켰을 때와 똑같은 표정이었다.

"뭐, 네가 어떻게 내 조각에 들어가게 됐는지는 궁금하긴 하지만, 딱히 알 필요도 없지. 넌 핵심 조각이 아니었으니까. 핵심은 따로 있는데…… 아, 이제 곧 오겠군."

그는 여전히 내가 이해할 수 없는 소리를 읊었다.

그리고 그의 시선은 이제 꼭대기 입구로 향했다.

"이제 곧 올 때가 됐는데."

느긋하고도 여유롭게 무언가를 기다리는 중이다.

"오, 다 왔군."

무엇을 느끼고 있는 걸까.

사일러드는.

한참이나 상기된 목소리였다.

델세르와 에타르는 여전히 헤이의 뒤를 쫓았다.

앞도 보이지 않는 어둠의 길.

멀쩡히 잘 가던 헤이가 멈췄다.

"델세르."

그와 동시에 에타르도 델세르를 멈춰 세웠다.

헤이가 멈춘 그곳에 검은 불꽃이 일렁이더니, 포털 하나가 생성되었다.

헤이는 그렇게 고민도 없이 안으로 몸을 들이밀었다.

에타르도 본능적으로 알아차렸다.

저 포털 안으로 따라 들어가야 한다. 그리고 그곳이 목적지인 꼭대기다.

"델세르! 가자!"

"네!"

다급하게 에타르의 휠체어를 끌고 전력 질주하는 델세르.

보통의 마법사라면 뛰는 속도가 상당히 느리고, 금방 지쳤을 테지만.

델세르는 이미 에드 분교 6클래스 시절에 아르텔과 함께 신체 단련을 한 바가 있다.

그 단련의 효과는 아직도 그녀의 몸에 남아 있기에 마법사 중엔 그래도 체력이 좋은 편이었다.

그렇게 델세르는 포털이 닫히기 직전, 에타르와 함께 통과하는 데 성공했다.

드디어 모습을 드러낸 꼭대기.

그러나 에타르는 꼭대기의 상태를 보고 할 말을 잃었다.

봉인석은 부서져 있고, 사일러드를 가둔 철문은 열려 있다.

피골상접한 모습을 한 의문의 한 남자.

처음 보는 사람이지만, 눈치껏 알 수 있었다.

바로 저 사람이 악명 자자한 그 사일러드라는 것을.

그리고 라이칸의 발톱에 찔려 속박당한 그의 스승, 아르키스 에이머.

타일런트는 형체도 알아보기 힘들 정도로 난자당한 상태로 땅바닥에 굴러다니는 중이었다.

"……아르키스 님."

에타르가 절망적인 목소리를 낸 그 순간.

"크하하하! 드디어 왔어! 나의 핵심 조각!"

사일러드는 호들갑스러운 반응이었다.

"자, 어서 오라! 네가 본래 있어야 할 곳으로!"

사일러드가 그 말을 내뱉자 헤이는 뚜벅뚜벅 걸어 그에게 향하더니 사일러드의 바로 앞에 멈춰 무릎 한쪽을 꿇으며 앉았다.

"조각이 모이는 곳으로, 도착했습니다."

여전히 초점 없는 상태로 한 말이다.

"그래, 아주 장하다. 나의 조각이여."

사일러드가 칭찬하자 헤이의 몸체는 검은 기류로 변하기 시작했다.

그리고 다른 더블 캐스터들처럼 마름모 모양의 검은 조각으로 변해 사일러드의 손에 쥐인 순간.

"에타르! 막아!"

에이머가 다급하게 소리쳤다.

에타르는 미처 생각도 하기 전에 몸이 자동으로 반응했다.

그가 낼 수 있는 가장 강력한 화염으로 조각으로 변한 헤이를 저지하려 했지만.

휘이이잉-!

검은 바람이 꼭대기에 다시 불어닥치면서, 에타르의 불을 꺼 버렸다.

"......?"

에타르와 에이머는 동시에 생각이 멈췄다.

특히 에타르.

그는 사일러드를 본 적은 없었어도, 그가 어떤 마법사인지 안다.

소환과 어둠의 더블 캐스터.

즉, 그가 사용할 수 있는 원소 마법은 어둠이 유일하다.

그런데 바람이 분 것이다.

그리고 그 바람은 명백히 마법이었다.

"궁금하지, 에이머? 분명 내 원소는 어둠 하나밖에 없었는데 어째서 바람 원소를 사용하는지 말이야."

"……."

이미 사일러드의 안중에 에타르는 없었다.

오직 에이머만 존재하는 듯했다.

사일러드는 그렇게 조각으로 변한 헤이도 그 나약한 이로 씹기 시작했고, 그의 목젖이 움직이자 사일러드의 몸체는 변화가 일어났다.

당장이라도 쓰러질 것 같은 피골상접한 그의 몸이.

갑자기 검사도 우습게 보일 정도로 근육질로 변했으며.

머리카락도 다 빠져 민머리였던 그의 머리에는.

윤기가 흐르는 풍성한 머리카락이 돋아났다.

그리고 머리카락의 색은 검정, 회색, 빨간색이 정확한 비율로 그러데이션을 이루었다.

"드디어 조각이 다 모였군. 비록, 두 개는 중간에 부서졌지만. 크크크크큭."

'설마……'

사일러드의 변화를 보고 의심 가는 부분이 하나 있었다.

바로 드레인 스펠.

타일런트도 이것을 이용해 지난 300년간 마력을 강력하게 만들어 왔다.

그리고 드레인 스펠은 어둠 원소의 마법.

사일러드도 같은 원소를 가지고 있었다. 그 뜻은, 사일러드도 사용할 줄 아는 마법이라는 것이다.

"드레인 스펠……."

"오, 맞아. 하지만 개념이 조금 다르지."

사일러드는 이제 더는 피골상접한 병자가 아니었다.

활력을 완벽히 되찾은.

그의 전성기 시절에 못지않은.

아니, 오히려 더 뛰어난 마력을 가졌다는 것을 고스란히 느낄 수 있었다.

"내가 왜 헤이를 핵심적인 조각이라고 한 줄 아나?"

그는 소환 마법 하나를 선보였다.

그가 보여 준 소환 마법을 보고, 나조차도 평정심을 잃을
수밖에 없었다.

그가 소환한 것은 신물이 아닌.

방금 조각으로 집어삼킨 헤이였기 때문이다.

아무리 눈을 씻고 살펴도 헤이가 맞다.

환영 마법 같은 걸 사용한 게 아니다.

"……사일러드, 너 무슨 짓을 한 거냐?"

"내가 300년이 넘는 시간 동안 저 안에 갇혀서 놀고만 있
었던 것 같은가? 오히려 외부와는 단절되고, 혼자 어둠 속에
갇히니 깨달음을 얻기에 아주 좋은 환경이더라고. 자, 이쯤
되면 궁금하지 않아? 내가 무엇을 깨달았는지."

그는 얼굴을 내 바로 코앞까지 들이밀었다.

그리고 도발하는 듯한, 입꼬리를 과하게 올린 미소를 보이
며 말했다.

"비전력."

장기의 융털까지 곤두설 충격이었다.

소환사가 비전력을 사용하게 되면……?

그 아찔한 예상이 채 끝나기도 전에, 신이 난 사일러드는
설명을 이었다.

"그래. 역시 너도 비전력 사용자라 짐작하고 있었구나? 비
전력을 터득한 나는 한 가지 실험을 했지. 비전력을 사용한
소환 마법은 도대체 어떻게 강력해지는 걸까? 그 실험의 결

정체가 바로 내 조각들이야."

"……단순히 신물을 소환하는 게 아닌, 사람이라는 생명체를 창조할 수 있다는 거냐?"

"역시, 멍청하지만 눈치는 있는 놈."

사일러드는 고개를 끄덕이며 답했다.

"이 방법을 터득한 나는 내가 가진 힘을 드레인 스펠을 역으로 이용해 쪼개서, 밑의 세계로 흘려보냈지. 저 역겨운 철문에서 벗어나기 위해서."

어떻게 그게 가능한지, 그를 가둔 철문에 언제부터 허점이 생겼는지는 중요하지 않다.

그게 가능했기에 현재 사일러드가 더욱 강력한 상태로 내가 보는 앞에서 부활했으니까.

"본래 내가 처음에 흘린 조각은 열 개. 하지만 그중 다섯 개는 흘리자마자 부서졌지. 온전히 밑의 세계로 간 것은 다섯 개의 조각. 그중 핵심 두 개가 바로 키에나와 헤이였다."

"……."

"키에나는 내가 가진 소환 마법의 역량을 전부 물려준 조각. 그리고 헤이는 강인한 신체. 뭐, 너는 왜 헤이가 핵심인지 굳이 설명 안 해도 알지?"

비전력을 사용하기 위한 준비물.

강인한 신체.

그래서 아까부터 계속 핵심이 오길 기다렸다고 말한 것이었다.

헤이가 이곳으로 무사히 도착해, 그를 흡수해야 비전력을 사용할 수 있게 되니까.

헤이가 보육원 시절에도 검사 학교 입학시험에도 합격할 수 있었던 이유.

그의 몸이 마법사인데도 비정상적으로 튼튼했던 이유가.

다른 것도 아닌, 비전력 사용을 터득한 사일러드의 몸을 전부 물려받았기 때문이다.

그리고 그 둘을 포함한 테슬라, 쿠로도 사일러드의 조각이었다.

따라서 네 명이 더블 캐스터가 될 수 있었던 이유와 어둠 원소를 공통적으로 가진 것도 전부 설명이 되었다.

애초에 어둠 원소를 가진 사일러드의 마법으로 만들어진 새로운 생명체니까.

그리고 각자 분교 생활을 하면서 다른 원소를 자연스레 터득한 것이다.

본래 어둠 원소도 다룰 수 있었지만, 자각할 수 없기에 자신은 백지 상태라고 믿어서 가능했던 현상이다.

사일러드의 머리카락에 회색과 빨간색이 자리 잡은 이유도.

헤이의 불과 쿠로의 바람을 그대로 흡수했기 때문이다.

사일러드는 이제 세 가지 원소도 다룰 수 있는 마법사가 되었다.

"하지만 그래도 영 불안하더라고. 핵심 조각을 지키고, 무사히 이곳, 꼭대기로 인도해야 했으니까. 그래서 보좌 역할을 할 조각도 함께 보냈지. 그런데…… 왜 네가 그 보좌 역할 조각에 들어갔는지는, 나도 모르겠군. 무슨 수작을 부린 거냐?"

어느 날 보육원 앞에 버려져 있었다는 나, 키에나, 헤이.

이 이유 역시…… 사일러드가 그렇게 의도했다는 것이었다.

나는 순전히 나의 목표를 위해 이곳으로 온 것인데…… 결과적으론 그 역할을 충실히 수행해 버리고 만 게 아닌가?

'스승님…… 죄송합니다…….'

오직 그 생각밖에 들지 않았다.

# 에타르의 거짓말

"아르키스 에이머, 그래도 고맙다. 네 덕에 내 계획이 실현되었어. 크크큭."

사일러드는 나를 향한 조롱을 멈추지 않았다.

그는 내 몸을 찌르고 있던 라이칸의 발톱을 거두어 나를 풀어 주었다.

"내 답례라고 해 두지. 너도 너의 목표가 있어서 이곳으로 온 게 아닌가? 물론 네 목표는 이미 사라져 버렸겠지만."

사일러드는 너덜너덜하게 변한 타일런트의 시체를 바라보며 말했다.

그렇다.

그의 말이 맞다.

이곳 꼭대기는 타일런트, 나, 에타르, 이 세 명의 최종 목적지.

서로가 300년을 넘게 세운 계획의 실현을 위해 반드시 모여야 했던 곳.

그러나 우리가 간과한 게 있었으니.

바로 그 속에 사일러드의 계획도 숨어 있었다는 것이다.

이건 내 불찰이다.

언제 그의 봉인이 느슨해진 건지, 왜 알아차리지 못했는지 등등.

불찰의 요소가 너무나도 많았다.

아마 타일런트도 알아차리지 못했을 가능성이 크다.

분명히 이상 증세가 있었겠지만, 사일러드를 제대로 모르는 그가 알아차리긴 쉽지 않았을 터였다.

심지어 비전력같이 거대한 힘을 사용하면 봉인석이 그 힘을 흡수하는 속도도 빨라진다.

그저 그것만 보고 기뻐했을 가능성이 크다.

봉인석이 비정상적으로 힘을 빠르게 흡수했던 이유가 바로 저 철문 속에서 사일러드가 비전력을 사용했기 때문이니까.

그리고 본교 생활을 하면서 지겨울 정도로 들었던 말.

더블 캐스터들이 입학하고 나니 제단이 비정상적으로 자주 활동한다는 그 말도, 사일러드가 자신의 조각들이 꼭대기로 빨리 오게 하기 위해 일으킨 현상의 결과였다.

나와 에타르는 오직 눈앞의 주적인 타일런트만 신경 쓰다 보니, 수상한 정황을 알아채기는 했지만 일단은 외면했었다.

당시 상황에서 가장 중요한 건 타일런트라고 생각했으니까.

사일러드는 타일런트를 처리하고 난 뒤에 신경 쓸 문제라고 말했고 나도 그 말에 동의했다.

하지만…… 시기가 이렇게 맞물려 사일러드가 풀려나고, 오히려 우리의 적이었던 타일런트가 사일러드의 손에 사라질 줄 누가 알았을까.

이건 다 내 불찰이다.

사일러드를 잘 알고 있는 현시대의 유일한 마법사가 나인데, 그런 정황들을 염두에 두지 않은 게 가장 컸다.

"자, 아르키스 에이머. 어차피 마지막인데 할 수 있는 발악이라도 해 보고 죽는 게 낫지 않나? 내 인자하게 배려해 주지."

그리고 그가 내 속박을 풀어 준 이유였다.

사일러드는 곧장 세 개의 보주화를 띄웠다.

각각 어둠, 바람, 불이었다.

원소를 세 개나 다룰 수 있게 되면서 그가 구현하는 보주화도 세 개가 되었다.

하지만 여기에서 끝이 아니니…….

세 개의 보주화에서 강력한 힘이 느껴졌다.

전부 비전력으로 이루어져 있어, 나조차도 버티기 힘들 정도다.

비전력 어둠 보주화는 대상을 완전히 분해하여 무(無)로 만든다.

실제로 내 살점을 누군가 꼬집어 뜯는 것 같은 고통이 느껴졌다.

비전력 바람 보주화는 모든 것을 베어 버린다.

살가죽에 점점 예리한 칼날에 베인 듯한 상처가 나기 시작했고, 그 틈새로 빨간 핏줄기가 새어 나왔다.

그리고 마지막 비전력 불 보주화.

대상이 흔적도 없이 사라질 때까지 태워 버린다.

바람 보주화의 영향을 받아 찢어진 살가죽에 불이 붙었다.

사일러드의 불은 이제 이 상처를 통해 내 몸 이곳저곳에 침투해, 몸속으로 녹아드는 느낌이 들었다.

"그렇게 맥없이 당할 네가 아니지? 넌 저항할 방법이 있잖아. 꺼내 봐."

'어디 한번 나를 넘어서 봐라.'라는 듯한 거만한 발언이다.

하지만 지금 내 상태로는…… 분하지만 화를 삭여야 했다.

'이미 타일런트와 한바탕 치르면서 비전력을 소모했어. 다시 할 수 있을까?'

비전력이 충전식 자원은 아니지만, 바로 사용하기엔 불안

요소가 너무 많다.

내가 사일러드보다 나은 게 있다면 원소를 일곱 개 다룰 수 있다는 것이지만…….

가장 치명적인 단점을 꼽자면 몸이 한없이 약해, 비전력을 제대로 사용할 수 없는 상태란 것이다.

게다가 라이칸의 공격까지 받아 몸도 망가진 상태.

이런 상태로 비전력을 사용한다면 5%라도 사용할 수 있을지가 의문이다.

난 슬쩍 뒤를 쳐다봤다.

"끄으윽……!"

"……."

델세르와 에타르가 사일러드의 보주화 영향을 받아 몸이 천천히 망가지는 고통과 싸우는 중이다.

난 비틀거리며 겨우 일어섰다.

'그래…… 마지막이야. 마지막.'

오늘이 인생의 마지막 날이 되어도 된다.

하지만 내 몸이 조금 아프다 해서 시도조차 하지 않으면 사일러드를 다시 세상에 풀어놓게 된다.

사일러드는 한 마리의 맹견, 목줄이 필요했다.

그 목줄 역할을 할 수 있는 건.

나밖에 없다.

"사일러드……."

그와 똑바로 마주 보며 플레우드 보주화를 띄웠다.

"그래, 그거야. 네가 할 수 있는 것 전부 해 보라고. 그래야 다신 내게 도전할 생각도 못 하지."

그가 나를 굳이 풀어 준 이유.

내가 무슨 짓을 해도 어차피 자신이 이긴다고 확신하고 있다. 그렇다면 자신에게 지더라도 핑계 삼을 요소는 전부 차단해 놓겠다는 뜻이다.

실력으로 완벽히 짓뭉개는 것.

그는 그것만이 나를 완벽히 죽이는 방법이라고 생각한 듯했다.

"네 말 맞아. 마지막이잖아, 마지막."

왜 유독 나는 지금 이 순간 마지막이란 말을 습관적으로 하고 있는 걸까.

……난 이미 알고 있었다.

그 마지막이란 말이 가리키는 대상이 내 생명이란 것을.

내 몸은 바들바들 떨며 경고 중이다.

이대로 비전력을 사용하면 의식을 잃는 정도가 아니라 신체가 터져 나갈 것이라고.

'스승님, 곧 뵙겠습니다. 대신 저놈을 데려갈게요. 저 혼자만 가면 분명 혼내실 거니까요. 사일러드를 데려가면 용서해 주실 거죠?'

이 생각이 스승님의 곁으로 닿을까.

솔직히 닿았으면 좋겠다. 그래야 안심되니까.

난 이제 띄운 보주화에 비전력을 집어넣기 시작했다.

비전력이 빠져나가며 관자놀이에서 아찔한 고통이 시작되었다. 이윽고 눈가까지 파르르 떨려 왔다.

이젠 집중도 제대로 못 하는 상태다.

그럼에도 뒤에 있는 에타르와 시선을 맞췄다.

'에타르, 네가 절대 이길 수 없는 상대인 타일런트. 그런데도 넌 두려워하지 않았지. 나와 같은 마음이기 때문이지?'

냉정하게 따져 보았을 때.

지금의 난 사일러드를 절대 이길 수 없다.

핑계를 대자면, 조금이라도 완벽한 컨디션에서 그와 대면하게 되었을 땐 조금 달랐겠지만, 지금은 그리 여유로운 상황이 아니잖은가?

상황을 탓할 생각은 없다.

적은 오히려 우리가 약할 때를 노리지, 우리의 상황 따윈 봐주지 않으니까.

에타르의 마음을 이해할 수 있었던 것도 그것 때문이다.

난 이 자리에서 장렬히 산화하되, 사일러드를 데려갈 생각이었다.

'이길 수 없다면 물귀신이 되어 같이 파멸한다.'

오직 그것만이 내가 그리는 세상이다.

에타르도 타일런트와 싸우겠다고 생각했을 때 그것만이

목표였겠지.

이길 수 없다면 같이 파멸하는 것.

플레우드 보주화를 비전력으로 바꾸자, 사일러드의 보주화들이 점점 힘이 약해지기 시작했고, 뒤에 있는 델세르와 에타르의 몸에도 더는 상처가 생기지 않았다.

그들의 상처에 붙은 불도 이미 사라졌다.

같은 자원이라면 역시 플레우드가 훨씬 우세하기 때문에 가능한 현상이다.

"호오, 역시 플레우드인가."

그는 당당한 척은 하지만, 그 사이로 당황한 기색이 보였다.

그리고 무언가 힘을 더 쓰는 것을 눈치챘지만, 그의 마법에 나타난 변화는 없었다.

"크흠⋯⋯."

자신의 마법에 아무런 변화가 없자 그는 불편한 기색을 내비쳤다.

그도 그럴 것이 비전력 플레우드 보주화의 영향 때문이다.

하지만 난 이걸 오래 지속할 수 없었다.

단 일격.

내 정신이 끊기기 전에 이 일격으로 사일러드와 같이 산화한다.

그 목적을 실현하기 위해 플레우드 보주화를 변형시켰다.

보주화의 성질은 그대로 유지하되, 작은 방울 모양으로 잘

게 쪼개 꼭대기 전체에 퍼트렸다.

한 번에 터트려 데려갈 생각이다.

"가자, 사일러드."

비전력의 임계점을 넘겨 버린 순간이었다.

✿

에이머가 플레우드 보주화를 비전력으로 바꾸면서, 자신
의 몸을 괴롭히던 고통이 사라지던 그때.

에타르는 나지막이 그녀를 불렀다.

"델세르."

"……네, 에타르 님."

무언가 큰 결심을 내린 듯한 목소리였다.

"아르키스 님의 곁에 도달할 수 있겠니?"

"……갑자기 그게 무슨 말씀이시죠?"

"할 수 있느냐, 없느냐? 그것만 답해."

이렇게 심각하게 말하는 것이면 그만큼 중요한 일이란 것
을 잘 알았다.

델세르는 시선으로 거기를 가늠하다가 답했다.

"가능합니다."

"그럼 내가 신호하면 곧장 아르키스 님의 옆으로 가라."

"뭘 어쩌시게요……?"

"지금 물을 상황 아니야. 묻지 마."

지금 에타르는 유독 엄격하고 근엄했다.

그런 에타르에게 기가 눌린 델세르.

그녀는 고개만 천천히 끄덕거리며 답했다.

"알겠습니다."

"헤이, 키에나, 쿠로. 그리고 아르키스 님까지 사실은 사일러드가 비전력으로 만든 하나의 생명체였다는 건…… 상당히 충격이군. 비전력과 소환 마법이 뭉치면 그런 게 가능할 줄이야. 내 불찰이다. 완전히 계산을 벗어났어."

하지만 에타르는 자책하는 마음을 다잡으며 모브를 활성화했다.

조각사 전용 모브다.

그것으로 조각사들에게 전체 공문을 보냈다.

"지금이야, 델세르."

공문을 성공적으로 보낸 직후, 에타르가 명했다.

델세르가 쏜살같이 튀어 에이머의 옆으로 당도한 그 순간.

화르르르륵-!

수를 셀 수 없는 화염 줄기가 에이머와 델세르를 감쌌다.

레지가 1층 강당에서 학생들을 설득하며 애를 먹은 그때.

얼음 속에서 들린 여성의 목소리는 바로 니드였다.

"뭐 하러 친절하게 해! 어차피 밑의 세계에 교통정리해 줄 애들 있는데! 빨리 보내야지!"

그녀는 화가 잔뜩 난 상태였다.

가뜩이나 시간도 부족한 작전인데, 레지가 시간을 상당히 소요했기 때문이다.

"그치만 어떻게……."

"말했잖아! 강제로라도 하라고!"

이에 니드는 자신의 빙결 마법으로 강당에 모인 학생 전부를 묶어 버렸다.

"학생들, 지금 경황은 없겠지만, 나중에 차근차근 알아 가자고! 지금 급한 건 이게 아니니까!"

그렇게 니드는 자신의 마법을 이용해 강제로 학생들을 도서관 벽에 있는 웨이포인트로 보냈다.

웨이포인트는 자동적으로 반응하여 학생들을 집어삼키고는 그들을 무사히 밑의 세계로 인도했다.

"너도 선술집에 가서 교통정리나 해."

니드는 짧은 명령을 남기고 서둘러 임펠과 합류하려 복도로 나왔다.

때마침 이쪽으로 오고 있었는지 임펠을 만났다.

"니드 누나?"

니드도 보자마자 상황을 파악할 수 있었다.

특히 나일론의 등에 업힌 에버.

그가 전투 중 전사했다는 것을.

나일론은 그의 시체를 업고 침울한 표정을 짓는 중이었다.

"애도는 나중에 하자, 임펠. 넌 나랑 나머지 층 학생 맡자. 너희는 밑의 세계로 가서 교통정리시키고."

지금 중요한 건 조각사의 작전이다.

애도는 언제든 할 수 있지만, 학생은 지금 살리지 못하면 대부분이 죽으니까.

에드 가문의 마법사도 같은 생각이었기에 군말 없이 니드의 계획을 따랐다.

그렇게 임펠과 니드가 다음 층인 3층에 도착했을 때였다.

둘의 모브가 진동했다.

조각사 전용 모브였는데, 전체 공문이 와 있는 상태였다.

"이 상황에 왜……?"

임펠이 의아해하며 모브를 확인했다.


-이제 보름달의 색은 청아한 하얀색이야. 다들 정말 고생 많았다. 선술집에서 보자.


에드 에타르에게서 온 공문이었다.

"보름달의 색은 청아한 하얀색……!"

이 전쟁에서 승리한 것이 조각사란 뜻이다.

변수 없이 아르키스 에이머가 타일런트를 제압했고, 이제 공식적으로 보름달의 색이 바뀌었다는 것을 알리는 공문이다.

그러나 그 순간.

화르르르륵-!

갑자기 3층의 도서관 벽에서 불줄기들이 솟아나더니, 니드와 임펠 그리고 3층에 있는 학생들을 올가미처럼 꽉 붙잡고는 강제로 웨이포인트로 끌고 갔다.

'……아버지?'

임펠은 이 순간 불길한 기운을 느꼈다.

전쟁에서 이겼는데…… 왜…… 강제로 학생들과 자신을 이 학교에서 빼내려는 것인가?

하지만 아차 하는 사이 이미 임펠도 웨이포인트에 강제로 끌려갔고, 그가 정신을 차렸을 땐 선술집에 도착하고 나서였다.

뚜둑.

비전력의 임계점을 넘은 순간, 머릿속에서 무언가가 끊어지는 듯한 느낌이 들고…….

"아르키스 님!"

델세르의 목소리가 들려왔다.

와락!

그녀는 느닷없이 나를 껴안았다.

로맨틱한 그런 포옹이 아니었다.

꼭 나를 무언가로부터 구하기 위해 몸을 던진 것과 똑같이 느껴졌다.

'아, 구하는 건 맞네.'

델세르가 나를 꽉 껴안은 순간, 몸이 휘청거려 집중이 끊겼으며 그 순간 내 보주화가 사라졌다.

비전력 구현을 강제적으로 멈추게 되었으니 정신을 잃는 것만은 피할 수 있었으나…….

피잇.

사일러드가 띄워 놓은 세 개의 보주화는 다시 본래 위력을 되찾아 살점에 빗금이 그어졌다.

그리고 뒤이은 포근한 촉감.

눈을 가늘게 뜨며 확인하니, 화염 줄기가 나와 델세르를 거미의 고치처럼 꽁꽁 싸맸다.

"에타르……?"

비로소 지금의 상황을 완벽히 인지했을 때.

화염 줄기는 나와 델세르를 억지로 끌고 가더니, 에타르의 등 뒤에 안착시켰다.

"아르키스 님."

에타르는 비장한 목소리로 말했다.

시선은 내게 주지 않은 채, 전방으로 고정.

그는 지금 사일러드를 쳐다보고 있었다.

"에타르, 뭘 한 거지……?"

"아무래도 저희 작전은 실패가 맞겠죠? 감히 건방진 말씀 드리면…… 지금 아르키스 님의 상태로는 저 사일러드를 이길 수 없으니까요."

"……."

아무 말도 하지 못했다.

그게 사실이니까.

나는 그를 상대해 보았기에 그의 강함을 알고 있다. 그런데 지금은 약해 빠진 아르텔의 몸에 깃들어 있지 않은가?

한계는 이미 알고 있었다.

하지만 패배를 스스로 인정하긴 싫었기에 입을 꾹 닫았을 때, 에타르가 이해할 수 없는 말을 뱉었다.

"그래도 다음이란 게 있다면, 그땐 아르키스 님이 이기실 거라고 믿습니다. 제 스승님은 그러고도 남을 분이거든요."

"……다음이라니?"

"그건 제가 만들어야죠. 조각사의 계획을 수정합니다."

"무슨 소리야! 에타르!"

"수정된 계획은 플랜 B. 방금 고안한 건데요. 이 계획의 목적은 전쟁의 승리가 아닌, 아르키스 님을 살리기."

화르륵-!

그의 말이 끝남과 동시에 내 바로 앞에 화염의 포털이 생성되었다.

포털의 위치는 정확히 나와 에타르의 사이.

그 위치가 왠지 이제 에타르를 그만 쳐다보라고 주장하는 듯했다.

"에타르! 뭘 하려고!"

설마…… 네가 혼자서 사일러드를 상대하겠다는 거냐?

그게 말이나 되는 일이냐?

나조차도 하지 못하는 일이다.

그런 거대한 과제를 어떻게 너 혼자 하겠다는 뜻이냐……?

"아르키스 님, 용서하세요. 제가 아르키스 님과 나눴던 약속, 못 지켜서요."

"……뭐?"

"다시금 보름달이 되셨을 때, 검사 사회와의 화합을 돕겠다는 그 약속 말입니다. 졸지에 지키지도 못하는 말을 뱉는 가벼운 입이 되었군요. 죄송합니다."

그리고 포털에서도 화염 줄기가 뻗어 와, 나와 델세르의 몸을 감쌌다.

"알프릭과 트레샤에게도 미안하다고 전해 주세요. 6층 강당에서…… 제가 길을 새로 뚫게 도와준 보상은 확실히 한다고 했는데 지키지 못해서 미안하다고요."

"에타르!"

"그리고 이기적인 부탁 하나 남기겠습니다, 아르키스 님. 조각사와 초기화된 세상을 잘 부탁드립니다."

에타르를 향해 손을 뻗었을 때.

화르르륵-!

포털에서 나온 화염 줄기는 강제로 날 안으로 끌어당겼고, 이미 힘이 전부 빠진 나는 저항도 하지 못한 채로 포털 속으로 끌려가고 말았다.

"안 된다……. 에타르!"

혼자 남아서 네가 할 수 있는 건 아무것도 없다.

이건 쓸데없는 희생일 뿐이다.

이미 머리로는 알고 있지만, 몸이 따라 주지 않아 내게는 할 수 있는 게 아무것도 남지 않았다.

난 그렇게 서서히 닫히는 포털을 향해 손을 뻗으며 안간힘을 썼지만.

결국, 포털은 닫히고 말았다.

"에타르!"

내 절규는 결국 닿지 않았다.

⚜

에이머와 델세르가 사라진 꼭대기.

이젠 이곳에 에드 에타르와 사일러드만이 남았다.

사일러드는 팔짱을 끼고 기고만장한 자세와 업신여기는 눈빛으로 그를 쳐다보고 있었다.

주륵.

그때 그의 코에서 피 한 줄기가 흘렀다.

"흐음……."

손등으로 대충 슥 닦으며 사일러드는 생각했다.

'아무리 힘을 되찾았다고 해도, 적응할 시간도 없이 너무 무리한 힘을 사용한 것 같군…….'

이미 300년이나 넘게 힘을 봉인당해 몸도 쇠약해진 상태.

아무리 헤이를 흡수하며 쇠약했던 몸을 강화시켰다 하더라도, 적응 기간은 필요했다.

하지만 상황이 급박했기에 그런 걱정은 뒤로 미루고 일단은 날뛰고 본 것이다.

'이대로 비전력을 유지할 순 없겠어. 고작 이 정도로 코피라니.'

코피는 몸에 무리가 왔단 증거다.

사일러드는 '고작'이라고 생각했지만, 이미 비전력을 이용해 보주화를 세 개나 구현할 정도였다.

충분히 무리가 오고도 남을 일이었다.

사일러드는 일단 비전력 구현을 중단했다.

그래도 힘은 확실히 되찾았기에 스스로 컨트롤할 수 있다는 것이 에이머와의 차이점이었다.

"에드 에타르라고 했지? 아르키스 에이머의 제자 놈."

"그래, 반갑다, 사일러드. 그 전설의 마법사를 이렇게 다 보다니."

에타르는 덤덤하게 답했다.

아무런 감정이 느껴지지 않았다.

사일러드는 그의 행색을 보고 폭소를 터트렸다.

그가 앉아 있는 휠체어가 우습게 보였다.

"아, 네 다리가 그 모양이 된 게 300년 전 그 일 때문이지? 나도 저 철문 속에 있는데 들리더라고. 그때도…… 아르키스 에이머를 살리려고 했다가 그랬던 것 같은데."

"기억력이 좋네. 300년이 지나서도 똑같은 장소에서 다시 스승님을 살릴 수 있다는 사실이 기쁘지 아니한가?"

"……멍청한 건지 낙천적인 건지."

사일러드는 덤덤한 에타르가 몹시 마음에 들지 않았다.

"그런데 네 강점인 비전력도 이젠 끝인가 보군."

에타르가 팔을 들어 올리며 말했다.

비전력 바람 원소 보주화 때문에 살갗에 빗금이 계속 그어져 상처를 입고, 그 상처에 불이 붙었는데 지금은 그런 현상이 사라졌기에 안 것이다.

에타르도 명색이 대표 원소 가문의 가주.

마나만 있는 보주화라면 저항력은 있다.

"눈치가 빠르네. 그런데 뭐, 그런다고 달라질 게 있나?"

약점을 들켰지만, 사일러드는 오히려 당당했다.

그도 그럴 것이 고작 불 원소 대표 가문 에타르 따위에게 자신이 당할 일은 없다는 것을 잘 알고 있었다.

"정말 궁금하군. 아르키스 에이머를 살려? 어차피 이건 시간 끌기밖에 안 된다는 것, 너도 잘 아는 일 아니던가?"

"그래. 처음부터 시간 끌 생각이었어. 그런데 말이야……그 시간이 몇 시간이면 의미가 없겠지만. 몇 주, 혹은 운이 좋아 몇 년까지 끈다면?"

화르르륵─!

에타르도 자신의 마법을 구현했다.

용암으로 이루어진 보주화다.

일개 단일 원소사가 구현한 보주화치고는 훌륭하다고 생각한 사일러드다.

에타르의 보주화가 뜨자마자 차디찬 꼭대기에 거대한 난로라도 생긴 것처럼 온기가 돌았다.

하지만 이번에도 사일러드는 폭소를 참지 못했다.

"푸하하하! 네가 그 상태로 몇 년 동안이나 날 붙잡아 두겠다는 거냐? 네 스승인 아르키스 에이머도 나와의 전투는 3일을 못 넘겼다! 심지어 그의 스승과 검사 여덟이 함께였는데도 말이야!"

주제 파악을 제대로 하란 충고다.

하지만 에타르는 꿈쩍하지 않았다.

"못 넘긴 건 너잖아. 전투가 시작되고 3일 뒤에 봉인당했으니까."

에타르의 망가진 다리를 운운하며 약점을 찔렀던 사일러드.

하지만 사일러드도 약점은 가지고 있다.

바로, 결국에는 봉인당했다는 역사적 사실.

에타르는 그의 약점을 사정 봐주지 않고 쑤셨다.

"……말장난 좀 해 주니까 눈에 뵈는 게 없나 보군."

크르르르르-!

크르릉!

사일러드에게도 인생의 치부라고 할 수 있는 보름달 전투다.

그런 약점을 건드리니, 그는 이성을 조금 잃은 모습이었다.

그는 거대한 라이칸들을 꼭대기 전부를 채울 수 있을 만큼 소환했다.

"네 친구와 똑같은 최후를 맞이하게 해 주마. 아니, 넌 더 끔찍할 거다. 감히 내게 목숨을 구걸해도 모자랄 판에 도발이라니."

에타르에게 내릴 수 있는 가장 끔찍한 형벌을 내릴 생각이었다.

하지만 에타르는 여전히 당당했다.

"눈에 뵈는 게 없느냐고 그랬지? 맞아, 실제로 뵈는 게 없어."

"……뭐?"

주륵.

에타르가 그 말을 내뱉은 순간.

두 눈가에서 핏줄기가 흘렀다.

'설마……?'

사일러드는 에타르의 보주화를 살폈다.

'보주화가 맞긴 한데…… 어딘가 미묘하게 다르다.'

이건 사일러드도 처음 보는 형태의 보주화다.

모양이 바뀐 건 아닌데 보주화 속에서 뭔가 이질적인 게 느껴졌다.

"내가 혼자서 뭘 할 수 있냐고? 이 정도는 할 수 있지. 내가 타일런트와의 전쟁을 계획했을 때, 처음부터 이길 생각은 하지도 않았어. 어차피 이길 수 있는 상대가 아니었으니까."

"이길 수 없는 싸움을 걸다니, 세상에 그런 멍청이는 없을 거다."

"아니, 세상엔 그런 멍청이가 하나쯤은 필요해. 그 덕분에 아르키스 님과도 재회했잖아?"

그의 눈가에선 계속 피가 흐르는 중이었다.

저 상태이면 이미 핏물에 가려져 눈이 보이지 않는 상태일 텐데, 에타르는 여전히 당당했다.

믿고 있는 무언가가 있다는 뜻이다.

"너, 뭘 숨기고 있는 거냐?"

사일러드의 질문이 끝나자마자.

에타르의 보주화가 부풀어 오르며 점점 더 거대하게 변했다.

사일러드가 이미 띄워 놓은 세 개의 보주화를 다 합쳐 봤자 반도 못 따라갈 정도의 크기다.

이미 저건 보주화라고 볼 수 없었다.

마치 메테오가 눈앞에서 두둥실 떠다니는 것과 같았다.

"이 경지를 터득했을 때 난 타일런트와의 전쟁을 결심할 수 있었지. 너도 잘 알고 있겠지, 불 원소사가 원소사 중 가장 약하다는 걸."

"……."

"가장 약한 만큼 불 원소사만의 장점이 있지. 불 원소사는 도달할 수 있는 궁극의 경지가 따로 있더군. 모든 원소를 다루는 플레우드도 도달할 수 없는 경지. 오로지 불 원소사만이 도달할 수 있는 그 경지."

순간, 사일러드의 등골이 오싹해졌다.

저 말을 예전에 누군가에게 들은 적이 분명히 있었다.

불 원소의 궁극의 경지.

그 경지에 도달하면 상성 따윈 사라진다.

설령 플레우드라 할지라도, 비전력 사용자라고 할지라도.

일시적으로 불 원소는 모든 상성이 사라지고 모든 다른 원소들을 상쇄할 수 있는 마법을 사용할 수 있게 된다.

즉, 그 순간만큼은 불 원소를 막을 수 있는 마법은 아무것도 없다는 말이었다.

"설마…… 고작 너 따위가 그 경지에 도달했다는 거냐?"

"명색이 불 원소 대표 가문이자 타일런트의 세상을 향해 공식적으로 쿠데타를 일으킨 장본인이다. 무기도 없이 그런 객기를 부렸을까 봐?"

'반응을 보면…… 확실한 것 같아. 그래서 저 보주화에서 이질적인 게 느껴졌던 건가?'

에타르의 보주화는 크기가 여전히 계속 커지는 중이다.

어느덧 크기를 측정할 수 없을 정도로 커진 에타르의 보주화는 열기를 내뿜으며 본래 어둠만 가득했던 이곳 꼭대기를 노랗게 물들였다.

에타르의 보주화에 비하면 사일러드가 띄워 놓은 세 개의 보주화는 그저 작은 점으로 보일 정도다.

"그래도 단점은 있지. 내 목숨을 바쳐야 제대로 사용할 수 있거든. 다시 말해 한 번만 사용할 수 있다는 거야."

에타르가 입버릇처럼 말했던 것.

'이기는 건 바라지도 않는다, 같이 파멸하는 게 가장 이상적인 결과다.'라는 말의 이유는 바로 저것 때문이었다.

처음부터 에타르는 타일런트와 싸워 이길 생각은 하지 않았다.

그저 타일런트와 함께 파멸하는 대신, 에타르는 '조각사'라는 보험을 든 것이다.

자신의 계획이 성공하여 주인이 사라진 시대에서.

자신의 정신을 계승한 조각사들이, 새로운 세상을 개척해 주길 바랐다.

이 소망을 이루기 위한 에타르의 계획이었다.

"그래서 이 마법의 이름을 이렇게 지었지. 조금 유치한 이름이지만."

"……."

"Big Bang."

한 번의 대폭발로 모든 걸 초기화시키고 새롭게 팽창, 개척한다는 에타르의 소망을 담은 이름.

에타르는 이 빅뱅 마법이 꼭대기를 포함한 본교를 전부 날려 버리고, 생존한 조각사들이 스스로의 손으로 새롭게 올바른 세상을 건설해 주기 바랐다.

그렇기에 에이머를 떠나보낼 때, '초기화된 세상을 잘 부탁드립니다.'라고 말했다.

'아르키스 님, 초기화된 세상의 뜻을 설명해 드리진 못했지만 아르키스 님이라면 아실 거라 믿습니다. 그만큼 명석하신 분이란 걸 전 알지 않습니까?'

그렇게 그의 빅뱅이 터지기 직전이 되었다.

"그럼 뭐 하지? 어차피 한 번밖에 사용할 수 없는 마법, 방어하면 그만 아닌가?"

사일러드는 소환해 놨던 라이칸으로 자신의 몸을 덮었다.

라이칸을 갑옷처럼 활용하기 위해서였다.

에타르의 빅뱅을 마법만으로 방어하는 건 너무나 위험하다고 판단했다.

사일러드도 불 원소사의 궁극의 경지를 들어 본 적만 있지, 실제로 '상성을 무시한다'라는 말뜻이 정확히 어떤 효과를 뜻하는 것인지 모르기 때문이다.

따라서 직접 터트릴 수 없다.

그러나 저 마법도 단점이 명백히 존재했으니.

한 번밖에 사용할 수 없다는 것이었다.

즉, 한 번만 제대로 방어하면 아무짝에도 쓸모없는 마법이 된다.

사일러드는 라이칸 무리를 더 많이 소환하며 몸을 덮었다.

꼭대기엔 이제 라이칸 무리가 겹겹이 포개지면서 만든 동그란 무덤이 하나 생긴 것처럼 보일 정도다.

앞이 보이지 않는 에타르.

하지만 그래도 느낄 수 있다.

사일러드가 자신의 몸을 보호하기 위해 무언가로 꽁꽁 싸매고 있다는 것을.

"이봐, 사일러드. 너 밑의 세계로 가는 법, 어차피 모르지 않나?"

"……."

사일러드는 말을 아꼈다.

이것만큼은 에타르가 확신에 찬 모습이었다.

이미 300년 넘게 꼭대기에 존재한 것은 맞지만, 철문에 봉인당했던 그다.

그 300년 사이에 꼭대기의 주인이 한 번 바뀌었으니 그때 알던 길은 전부 막혔으리라.

그렇기에 본교에서 친위대 생활을 했던 에타르도 마음대로 본교와 밑의 세계를 드나들 수 없었던 것이다.

그 사실이 지금에서야 떠오른 에타르는 입가에 미소를 띠었다.

'다행입니다, 아르키스 님. 시간은…… 제법 오래 끌 수 있을 것 같군요.'

에이머를 성공적으로 밑의 세계에 보낸 것만으로도 시간은 상당히 끌었다고 생각했다.

사일러드가 혼자서 밑의 세계로 갈 수 있는 방법 따위는 없으니까.

"그리고 방어하면 그만이라고 했던가, 사일러드."

에타르는 이제 손을 번쩍 들었다.

"어차피 내 공격 대상은 네가 아니야. 너를 포함한 이 본교 전체지. 본교를 통째로 날려 버리면 막을 수 없을걸!"

혹시 모를 일에 대비한 것이다.

본교가 멀쩡하면 사일러드가 밑의 세계로 가는 길을 뚫을지도 모른다.

그래서 본교도 전부 날려 버릴 생각이었다.

그래서 빅뱅 마법을 날리기 직전, 에이머와 델세르를 포함해 본교에 있던 조각사 그리고 무고한 학생들을 본교 전층에 있는 웨이포인트를 이용해 강제로 밑의 세계로 보낸 것이다.

"자, 기대되는군. 내가 어렵게 도달한 이 경지의 마법이 너에게 어떤 피해를 줄지. 본래 타일런트에게 사용할 생각이었지만, 지금의 주적은 너니까."

사일러드는 직감했다.

이제 곧 거대한 공격이 자신을 향해 다가온다.

버티기만 하면 자신이 무조건 이긴다.

그러니 정신만 똑바로 차리자.

"비록 네가 공격당했을 때 어떤 모습이 될지 직접 눈으로 보지 못하는 게 한이지만, 예상컨대 비전력의 효과와 비슷할 거다. 자, 그럼."

딱.

그가 손가락을 튕겼을 때.

쿠구구구구구궁-!

용암의 구체화는 위태롭게 흔들렸고.

콰앙-!

고막을 찢는 걸 넘어 소멸시킬 정도의 굉음 하나만 울렸다.

드디어 빅뱅이 터진 순간이었다.

빅뱅이 터지며 용암과 열기들이 꼭대기를 시작으로 본교 전체를 덮쳤다.

꼭대기에 있는 에타르와 사일러드의 몸을 먼저 덮치며 대폭발은 빠르게 퍼져 나갔다.

그리고 열기가 마법의 주인인 에타르를 때렸을 때, 그의 몸 반쪽은 순식간에 산화했다.

'아르키스 님, 그래도 행복합니다. 믿고 맡길 수 있는 사람이 존재한다는 것만으로요.'

그 생각을 마쳤을 때, 에타르의 몸은 완전히 산화되어 흔적도 없이 사라졌다.

"끄아아아아악-!"

뒤이어 들리는 것은 사일러드의 비명이었다.

임펠은 선술집에 도착하자마자 부리나케 밖으로 뛰어나갔다.

그리고 그가 바라본 곳은 하늘.

"……아버지."

하늘이 이상했다.

본래 검은 반점이 생겼던 그 부분에 불이 붙어 타고 있던 것이다.

"왜……."

하늘을 확인한 뒤에 그는 다시 모브를 활성화하여 에타르가 보냈던 공문을 확인했다.


—이제 보름달의 색은 청아한 하얀색이야. 다들 정말 고생 많았다. 선술집에서 보자.


"도대체…… 왜…… 이런 거짓말을……. 꼭대기에서 지금 무슨 일이 일어나고 있는 겁니까……."

임펠은 알 수 있었다.

에타르가 보낸 이 공문이 거짓이란 것을.

정말 승리했다면, 강제로 밑의 세계로 보내는 일은 없었기 때문이다.

이는 본교 전체가 통째로 날아갈 만큼의 어떠한 대재앙이 있었고, 그 직전 에타르가 일부러 조각사와 학생들을 안전한 곳으로 대피시킨 것이었다.

그 증거로 하늘을 보라.

검은 반점이 사라져야 이 전쟁에서 조각사가 승리하는 것이다.

그런데 반점은 여전히 존재했으며, 그 위에 화염이 일렁이고 있었다.

이 현상에 대해서는 임펠도 확신할 수 있는 게 없었다.

하지만 확실한 것은 자식의 감이라고 할까?

에타르에게 무슨 일이 생긴 것만큼은 분명하다고 생각하던 그때.

혹시나 싶어 모브의 다른 기능을 이용했다.

모브의 조각사 명단에 있는 '에타르'란 이름이 하얀색이 되었다.

죽었거나 모브를 파괴한 경우에만 나타나는 조각사만의 비밀의 신호.

하얀색으로 변한 아버지의 이름을 확인하자마자 임펠은 털썩 주저앉았다.

"아버지⋯⋯."

먹구름이 드리운 하늘도 아닌데, 그가 주저앉은 땅에만 축축한 작은 물웅덩이가 생겨났다.

"가렌트 님⋯⋯! 저기 하늘⋯⋯!"

가렌트도 검사의 거리 입구에 대검사 친위대와 함께 있던 중이었다.

검은색 멍이 생긴 하늘.

그 하늘에서 새로운 현상이 일어났다.

바로 검은 멍에 불이 붙었다는 것.

분명히 마법 사회가 있는 곳이다.

무슨 일이 난다고 짐작은 했지만, 어쩌면 가렌트의 예상보다 더 큰 일이 일어나고 있을지도 몰랐다.

"가렌트 님! 하늘에서!"

그때 다른 친위대원이 소리쳤다.

하늘엔 또 다른 이상 현상이 일어났다.

바로 불타는 검은 반점에서 소행성이라도 떨어지는 것처럼, 불타는 별똥별 하나가 지상으로 빠르게 낙하하는 중이었다.

"어어……? 위치가……?"

그런데 경로를 보아하니, 낙하 지점이 바로 검사들의 거리였다.

크기가 크지 않은 게 다행이었지만, 그래도 저게 그대로 떨어진다면 작은 폭발은 충분히 일어날 정도였다.

"얼른 가서 대피시켜!"

경로는 여전히 고정된 상태다.

가렌트는 다급히 친위대원들에게 명령했다.

바로 낙하 예상 지점에 있는 평민들을 속히 대피시키라는 것이다.

친위대원들은 발이 빠르게 움직였고, 예상 지점에 있는 평민들을 무사히 대피시켰을 때.

콰앙-!

소행성으로 보이는 무언가가 평온한 검사의 거리를 강타했다.

타다닥.

타닥!

"후우……."

에타르의 빅뱅이 터진 직후의 꼭대기.

사일러드는 주위를 둘러봤다.

꼭대기에 있던 자신이 봉인되었던 철문은 사라졌다.

철문뿐만이 아닌, 밑의 층으로 향하는 출입문까지 통째로 날아간 상태다.

에타르는 본교 전체를 날려 버리겠다고 했지만 결국, 그의 역량은 아쉽게도 거기까지 닿지 않았다.

꼭대기를 완전히 파괴하는 것만이 그가 할 수 있던 최선이었던 것이다.

하지만 성과는 분명히 있었다.

졸지에 꼭대기에 고립된 상황이 되어 버렸으니까.

"크흑⋯⋯."

주위 상황을 둘러보고 나자, 얼굴에서 뜨거운 열기가 느껴졌다.

고통 때문에 반사적으로 손을 얼굴을 가져다 댔을 때.

손에도 뜨거운 열기가 고스란히 전해져 황급히 손을 뗐다.

"어떻게 된 거지?"

얼굴에서 계속 전해지는 뜨거운 열기.

사일러드는 어둠 원소 구체 하나를 구현해 간이 거울을 만들었다.

"⋯⋯이게. 불 원소사의 궁극의 경지의 실체인가."

자신의 얼굴 반쪽이 꼭 가면을 쓴 것처럼, 불타는 중이다.

이것은 에타르의 불이다.

에타르는 이미 빅뱅에 먹혀 사라졌음에도 이 불은 사라지지 않고 사일러드를 괴롭혔다.

못 이길 정도로 고통스러운 건 아니다.

그저 상당히 귀찮고 신경 쓰이는, 그런 가벼운 고통이지만 그렇다고 계속 놔둘 순 없었다.

"⋯⋯젠장. 이렇게 되면 타일런트 그놈이 물 원소 조각을 가져간 게 문제가 되잖아."

이 불을 끄기 위해선 물 원소가 필요한데.

하필이면 그가 봉인에서 풀리기 전에 이미 타일런트에 의해 부서지지 않았던가?

결국, 사일러드의 얼굴 반쪽에 자리 잡은 불을 끌 방법이 없었다.

바람 원소, 어둠 원소, 불 원소.

그가 가진 세 가지의 원소로 할 수 있는 모든 시도를 다 했지만, 불은 여전히 꺼지지 않고 계속 타올랐다.

"⋯⋯에드 에타르. 그래서 그런 말을 했던 거군."

에타르가 빅뱅을 터트리기 전에 했던 말.

'비전력과 비슷할 거다.'의 이유를 알았다.

비전력의 불 원소는 대상이 완전히 소멸할 때까지 태운다.

무슨 짓을 해도 꺼지지 않는 영원의 불꽃.

그런 영원의 불꽃을 완전히 끌 수 있는 건 비전력의 플레우드밖에 없다.

"얕봤는데⋯⋯ 무서운 놈이었군."

만약 에타르가 정말 역량이 높은 마법사라서, 그 궁극의 경지를 조금 더 오래, 더 강력하게 구현했다면 어떻게 되었을까?

그런 상황을 상상하니, 사일러드조차도 등골이 오싹했다.

"그나마 다행이야. 아르키스 에이머의 제자 중 최약체라서."

불행 중 다행이란 게 이런 거다.

"끌 수 없다면…… 번지지 않도록 억제하는 방법밖에 없겠군."

사일러드는 자신의 얼굴 반쪽에 자리 잡은 에타르의 불꽃 가장자리에 검은 불꽃을 구현했다.

이 검은 불꽃이 억제기 역할을 할 것이다.

에타르의 불꽃이 그의 몸 전체를 덮지 못하도록.

'정말 다행이야. 조금만 더 강력한 마법사였다면, 내 불꽃까지 먹혔겠지.'

이렇게라도 억제할 수 있는 방법을 찾아서 안도의 한숨을 쉬었다.

"그나저나…… 이젠 뭘 어떡할까? 이 꼭대기에서 탈출해야 하는데."

사일러드는 이제 앞으로의 계획을 그렸다.

"아르키스 님! 괜찮으세요?"

"……."

아무 말도 나오지 않았다.

에타르의 포털에 강제로 빨려 들어간 직후.

하늘이 보였다.

검은 반점이 생긴 하늘.

난 직감으로 알았다.

'이 시점은, 지금 내가 밑의 세계에서 위의 세계를 보는 중이구나.'

검은 반점에 불길이 치솟은 것도 확인했다.

그 불은 분명히 에타르의 불이었겠지.

딱 거기까지 식별했을 때, 하늘이 점차 내게서 멀어졌다.

정확히 말하면 불타는 검은 반점의 하늘과 멀어진 것이다.

그것도 아주 빠른 속도로.

그리고 폭음이 일어났을 때, 내 주위엔 평범한 집들이 나열되어 있었다.

에타르의 의도대로, 밑의 세계로 온전히 내려온 것이다.

아마 포털을 사용하지 않고 이렇게 과격한 방법을 쓴 것도 전부 타일런트가 기존의 길을 막아 놨기 때문에 그런 거겠지.

하지만 난 여전히 하늘에서 시선을 뗄 수 없었다.

검은 반점과 불길.

에타르…… 그 위에서 도대체 뭘 했길래 하늘까지 태우는 중인 거냐?

딱 그 생각이 멈췄을 때였다.

쩔그럭! 쩔그럭! 쩔그럭!

시끄러운 쇳소리들이 아주 가까운 곳에서 울렸고.

누군가 나를 내려다봤다.

"너희…… 마법사니?"

난 그와 눈을 똑바로 마주친 순간 눈동자가 나도 모르게 크게 팽창했다.

본 적 있는 사람이다.

바로 내가 에드 분교 6클래스 생활을 할 때, 이 밑의 세계에서 아령을 공수하고 분교로 돌아가던 그때.

나와 부딪쳤던 그 검사.

가렌트와 목소리가 상당히 닮았다고 여긴 그 검사다.

"……가렌트?"

나도 모르게 그 이름이 나오자, 해당 검사는 물론 그를 둘러싼 검사들까지도 의아한 표정을 지었다.

"너 뭐야?"

# 옛 친구

자신의 이름을 부르자 갑자기 적대적으로 변한 가렌트.
이는 즉 이러한 뜻이었다.
'그래, 나 가렌트 맞다.'라는.
"이렇게 만나……네."
그 순간 난 눈이 감겼다.
꼭대기에서부터 쌓인 비전력의 부담이 밑의 세계에 안착
하자 터진 것이다.

꿈

"끄윽……."

얼마나 정신을 잃었을까.

난 작은 신음을 흘리며 일어났다.

"……."

상체만 일으켰을 때, 난 낯선 곳에 와 있다는 것을 느꼈다.

푹신한 침대에 누워 있었으며, 화려하지도, 그렇다고 초라하지도 않은 방.

크기만 쓸데없이 컸다.

눈에 바로 들어온 건 방구석에 검사들의 갑옷 거치대가 놓여 있다는 것이다.

갑옷은 거울로 써도 될 정도로 표면에서 반짝반짝 빛이 났다.

그 정도로 평소 관리를 잘했다는 증거이기도 했다.

그리고 거치대 옆에 있는 많은 종류의 칼집.

칼 손잡이도 있는 것을 보니 갑옷과 똑같이 관리가 잘된 진검이 들어 있을 게 분명했다.

"일어나셨어요?"

"……델세르."

델세르는 내가 깨어나길 기다린 듯했다.

방에 있는 흔들의자에 앉아 있었다.

"나. 얼마나 자고 있었어?"

"한나절 정도요."

"……싸게 먹혔군."

몸이 완전히 쓰레기처럼 허약한 건 확실히 아니다.

예전에 에드 분교에서 비전력을 한참이나 연습했을 땐 몇 개월이나 의식 불명이었는데.

지금은 한나절이라고 들으니 안심은 되었다.

"그런데…… 아르키스 님."

델세르의 표정은 우중충했다.

당장이라도 그녀의 눈가에서 빗물이 내릴 것 같았다.

"에타르 님은……."

델세르는 말끝을 흐렸다.

내가 정신을 잃고 있던 내내, 에타르를 생각하고 있었던 것 같았다.

"……."

에타르.

이젠 이 세상 사람이 아니다.

가슴이 참으로 공허했다.

늘 내 곁에 있던 녀석이 어느 순간 갑자기 사라졌다는 것이.

이미 영원한 이별이란 건 약 450년 전, 보름달 전투 이후 스승님을 떠나보내며 겪었지만.

그때랑은 느낌이 달랐다.

정말 이기기 힘든 그런 슬픈 기분이었다.

하지만 계속 슬픔에 빠질 수 있는가.

에타르는 내게 분명히 맡기고 간 것이 있다.

그가 나한테 맡긴 이유는 단순하다.

나만이 해결할 수 있는 것들이었으니까.

따라서 슬퍼하되, 지나치게 침울해져서 무기력에 빠지면 안 됐다.

난 이제 에타르를 대신하여 조각사를 이끌어야 하는 데다가 우리의 주적은 위의 세계에 여전히 살아 있기 때문이다.

"에타르의 선택이야. 존중하자. 슬퍼하는 건 그만하고. 아직 우리 전쟁 안 끝났잖아."

델세르에게 말했다.

하지만 그녀는 결국, 눈가에서 눈물이 또르르 흘러내렸다.

"……왜 울어?"

진심으로 당황스러웠다.

"너무 죄송해서요……."

"뭐가?"

"용서한다고…… 그 말을 못 했는데……."

"……."

그래, 에타르와 델세르도 서로 사연이 있었지.

에타르가 자신을 희생하고 나자 델세르는 과거의 잘못이 떠올라 괴로움을 호소했다.

뭐라 달리 해 줄 말이 없었다.

그래, 적어도 나는 슬픔의 무기력에 빠지면 안 되지만, 구성원인 델세르에겐 잠시 그럴 시간이 필요하겠지.

그래서 위로는 하지 않았다.

슬픔을 털 시간이 그녀에게도 필요한 것을 잘 알았으니까.

더군다나 에타르와도 사연이 있는 마법사지 않은가.

대신 주제를 돌렸다.

"그런데…… 여긴 어디지?"

"아. 잠시만요. 그 검사가 아르키스 님 깨어나면 알려 달라고 했었거든요."

델세르는 눈물을 훔치며 일어났다.

행동에도 힘이 별로 느껴지지 않는다.

그 정도로 슬픔에 빠진 것이지만, 적어도 무기력하진 않았다.

그렇게 델세르가 나가고 얼마 지나지 않아, 검사 하나와 함께 들어왔다.

가렌트였다.

"……몸은 괜찮냐?"

그가 내게 친근하게 말했다.

처음 그와 대면했을 때 약간은 적대심을 보였는데, 그런 모습이 완전히 사라진 것이다.

그리고 보니 내 몸에도 붕대가 잔뜩 감겨 있었다.

정신을 잃은 사이에 따로 검사들이 급한 대로 치료한 것으로 보였다.

"이 친구한테 얘기 들었어. 너……."

가렌트는 내가 있는 침대에 걸터앉았다.

"아르키스 에이머라며."

"그래. 이렇게 보는 건 처음이지? 서로 대화만 주구장창 했었지."

"그랬지…… 내가 대검사 시절이었으니까. 그런데 원래 그런 모습이었어? 이런 소년의 모습일 거라곤 상상도 못 했는데."

하지만 델세르에게 모든 걸 들은 건 아닌 것으로 보였다.

"아니, 원래 내 모습은 아니야."

그러면서 난 가렌트에게 설명했다.

300년 전, 꼭대기에서 내 제자에게 당해 목숨을 잃은 뒤 눈을 떴는데 300년이나 지나 있었고, 에드 분교 0클래스의 학생의 몸에 들어와 있었다……는 내용을.

그러자 가렌트는 연신 고개를 갸우뚱했다.

"그게 가능한가?"

"그러는 넌? 그 모습, 원래 네 모습이야, 아니면 나처럼 환생한 거야? 검사인 네가 300년 넘게 살고 있을 리가 없잖아."

"원래 내 모습이야."

그렇다는 뜻은 가렌트는 나처럼 환생을 한 게 아니다.

그 모습 그대로를 간직하며 수명이 비정상적으로 늘어난 것이었다.

이번엔 가렌트가 자신의 상황 설명을 시작하기 위해 첫마디를 뗐다.

"옛날에 퀼트 할멈한테도 말한 적이 있었는데……."

꽤 반가운 이름이 등장했다.

본래 마법 사회에 있던 퀼트.

화합의 선두 주자로 나섰던 그 퀼트의 이름을 들으니 보고 싶은 마음이 생겼다.

"퀼트…… 오랜만에 듣네. 잘 지냈나, 퀼트 할머니는?"

"죽었어, 6개월 전에."

"……그런가."

퀼트의 가문에 얽힌 이야기는 내가 잘 알고 있기에 그녀가 죽었다는 사실이 그리 놀랍지 않았다.

마법사이긴 하나, 여느 마법사와 똑같지 않기에 수명이 그리 길지 않았을 테니까.

그래도 6개월 전에 죽었다는 건 그 전까지 살아 있었으니, 퀼트의 상황을 고려해 보자면 꽤 긴 수명이라고 할 수 있었다.

"그래도. 지내는 동안은 건강했지?"

"응. 내가 보기엔."

"그럼 됐어. 고맙다, 퀼트 할머니까지 신경 써 줘서."

"뭘. 퀼트 할멈도 검사 사회에 지대한 공로를 세우신 분인데."

"……무슨 공로?"

"일단 그 얘기는 나중에 하기로 하고. 제일 급한 거부터. 약 300년 전. 정확한 시기를 말하면 네가 죽었을 때."

본격적인 가렌트의 설명이 시작되었다.

난 그저 그의 설명을 경청만 했다.

가렌트가 마법사들처럼 300년이나 살 수 있었던 이유.

나도 이제야 알게 되었다.

"……봉인석에서 하얀 빛이 났다고? 그 빛이 널 때렸고?"

"응. 그리고 결과가 이거지. 내가 늙지도 않고 멀쩡히 살아 있는 거. 네 마법을 받아서 그런 거 아냐?"

내 마법 중에 사람의 수명을 늘리는 건 없다.

일단, 기본적으로 모든 원소 마법에 그런 마법은 없기 때문이다.

설령, 있다고 하더라도 진작 금기의 마법이 되었을 것이다.

어둠 원소의 드레인 스펠과 똑같이 여겨지기 때문이다.

수명을 의도적으로 늘리거나 줄이는 건 드레인 스펠같이 악용될 여지가 컸으니까.

"아니야. 그런 마법 없어."

"……그래? 그럼 어떻게 가능한 거지?"

"모르지."

내 환생도 설명되지 않는데 가렌트의 장생은 어떻게 설명이 될까.

하지만 문득 걸리는 부분이 있었다.

'늙지 않고 있다는 건…….'

바로 이 부분이다.

적어도 가렌트가 마나를 가지고 있으니 그런 게 가능하지 않을까, 싶은 나의 추측이다.

마법사들의 수명도 들쭉날쭉한 이유가 바로 마나다.

가진 마나가 많을수록, 마법 실력이 뛰어날수록 잘 늙지 않는다.

300년 넘게 마력을 증폭한 타일런트와 비전력을 터득한 사일러드.

이 둘은 과거의 모습과 하나도 달라진 게 없었다.

그만큼 강한 마나를 가지고 있기에 불로장생…… 아니, 어쩌면 불로영생이 될지도 모르는 마법사들이었다.

적어도 늙어서 죽을 일은 없다는 뜻이다.

"뭐, 네가 오래 사는 이유는 나도 설명할 수 없는 부분이야. 잘 몰라."

"그렇구나……. 그럼 이제 질문."

"뭔데?"

"마법 사회에서 무슨 일이 있었지? 하늘이 저 모양인 이유가 뭐야?"

"너희가 신경 쓸 건 아니야. 마법사들의 일이니까."

"어이, 에이머."

그런데 내 답이 마음에 안 들었는지, 그는 큼직한 손으로 내 목을 꽉 붙잡았다.

"커……컥!"

물리적으로 목을 졸리는 느낌.

처음이다. 나도 모르게 애원하듯, 내 목을 조르는 그의 손등을 찰싹찰싹 때렸다.

그제야 가렌트는 내 목을 놓아줬고, 난 잠시 막혔던 숨을 몰아쉬었다.

"콜록! 콜록! 이게 뭐 하는 짓이야!"

"내가 물어본 이유가 뭐겠어. 네가 말한 것처럼, 마법사들만의 일이 아니니까 그렇지. 우리도 피해를 봤고 어떤 상황인지 알려고 그런 건데. 마법사들의 일이라고 선을 그으니 순간 열 받아서 그랬다."

"……무슨 피해를 봤는데?"

"검사 학교가 있는 위의 세계를 갈 수가 없더군. 그거, 너희 마법사들 때문에 그런 거 아니야?"

'그게 무슨 소리야?'라고 물으려던 찰나.

잊고 있던 기억이 떠올랐다.

"……셔먼."

사일러드의 봉인이 풀릴 수 있었던 이유.

셔먼이 이미 검사 사회로 넘어가, 봉인석을 깨 버렸기 때문에 그런 것이었다.

"뭔가 짚이는 게 있나 보군. 너희 마법사 때문에 그런 것 맞지?"

난 조용히 고개를 끄덕이며 물었다.

"그래서, 따지려고?"

"아오, 내가 알던 아르키스 에이머는 낙천적이었는데, 어쩌다 이렇게 변한 거야? 왜 이렇게 삐딱해?"

"······너한테 그런 말을 들으니까 기분이 묘하네."

확실히, 과거엔 오히려 가렌트가 삐딱했다.

그는 마법사를 불신했으니까.

그래서 그와 친해지는 시간도 꽤 오래 걸렸다.

그런데 지금은 둘의 성격이 서로 바뀐 것 같았다.

내가 까칠한 과거의 가렌트가 되었고.

도리어 가렌트가 적극적인 과거의 내가 된 느낌이다.

"미안하다, 아끼던 제자를 잃어서."

"······뭐, 대충 들었어. 저 하늘에 생긴 불길도 그것 때문이라면서?"

"응. 그런데 왜 너희도 피해를 봤다는 걸 강조해? 따질 생각도 아니라면서."

"같이 피해를 봤으니까 공공의 적을 마주한 거 아니냐고 말하려고 그랬지. 그리고 그거 핑계 삼아 도움도 조금 요청하고 싶었고."

"……도움?"

"어차피 이제 서로 단절할 필요 없잖아? 우리 검사 세력과 영역을 나누기로 합의한 놈은 전 대마법사인 드라코 타일런트인데…… 이제 그 녀석은 없잖아? 듣자 하니 죽었다며? 따라서 이 합의서는 무효."

그는 품 안에서 팔랑거리는 종이 한 장을 보였다.

"……뭐야, 그거?"

"응? 너 모르는 거야?"

"줘 봐."

난 종이에 적힌 글을 읽어 보았다.


　　[밑의 세계 영역 합의서]

　1. 밑의 세계를 검사와 마법사, 두 세력에게 정확히 절반으로 배분한다.

　2. 1번 조항으로 인해 나뉜 영역을 각각 '마법사의 거리', '검사의 거리'로 칭한다.

　3. 두 세력이 가진 '거리'는 해당 세력만의 고유 영역. 따라서 신분에 맞지 않는 자가 영역에 침범할 수 없으며, 거주도 할 수 없다.

　4. 3번 조항에 따라 두 세력이 가진 육성 기관, 즉 학교의 학

생 중 조항에 위배되는 학생이 있다면 즉시 퇴학한다.

　5. 위 네 개 조항을 각 지도자는 엄숙히 따를 것을 맹세한다.


　　　　　　　　　　　-대마법사 드라코 타일런트
　　　　　　　　　　　-대검사 불카로스 밀런


"……."

검사의 거리와 마법사의 거리가 나뉜 이유는 알고 있었지만.

조항은 처음 봤다.

"그러니까 이 합의서는 무효 맞지? 이제 단절할 필요 없잖아, 더군다나 공동의 적을 마주한 이 시국에."

가렌트는 희망에 젖은 목소리로 재차 강요하며 물었다.

'도대체 뭘 원하기에 이렇게 목매달아?'

이들에겐 도대체 어떤 사정이 또 있는 걸까.

"왜 갑자기 무효니 단절이니 이런 말을 하는 거야? 참, 그러고 보니 내가 본교에 있을 때 얘기는 들었어. 너, 바이스에게 에타르를 아냐고 물었다며?"

지나간 일이 떠올랐다.

어쩌면 그가 에타르를 만나고 싶어 했던 것도 지금 내게 친근하게 다가온 이유와 관련이 있는 건가 싶었다.

전생에서 서로 화합의 조짐이 보이긴 했지만, 각자 사회의 사정이란 게 있어서 비교적 소극적이었다.

나만 적극적으로 나섰지, 가렌트는 여전히 결단을 내리지 못했던 상황이기 때문이다.

"……바이스? 그게 누군데?"

"아. 밑의 세계 선술집 주인장. 하얀 수염이 무성한 할아버지."

그 순간, 가렌트는 한 대 얻어맞은 것 같은 표정을 지었다.

"그 사람도 마법사였어? 게다가 말하는 거 보니 너랑 꽤 친분이 있어 보이네?"

"그래. 내 제자는 아니었지만, 전생에서도 어느 정도 친분은 있었던 녀석이야. 나랑 똑같은 플레우드거든."

이럴 때 가렌트가 기본 상식이라도 있는 게 확실히 편했다.

다른 검사였으면 플레우드가 뭔지 일일이 설명해야 하는 번거로움이 있었지만, 이미 서로가 꼭대기에 있을 때 나눈 대화 덕분에 그런 수고를 덜었으니까.

"……그런데 이상한데? 눈동자가 검은색이었어. 너랑 친분이 있을 정도의 마법사면 서클이 제법 높은 거고, 그럼 눈동자도 머리카락 색이랑 같아야 하잖아? 머리카락은 하얀색인데 눈동자는 검은색이던데."

이런 것 때문이다.

확실히 가렌트는 마법사에 대한 지식이 있으니 수상함을 바로 알아차렸다.

"사정이 있어서 평민으로 변장한 거야."

"……마법사들은 그런 것도 가능하구나."

"아무튼, 이 합의서가 무효라는 걸 굳이 강조하면서까지 우리 마법사한테 무슨 도움을 요청하고 싶은 건데?"

난 그에게서 받았던 합의서를 팔랑거리며 물었다.

"혹시 그 도움의 정체가 전에 에타르를 만나고 싶다는 거랑 연관이 있고?"

"그건 아니야. 원래는 이 도움을 요청할 일이 없는데 갑자기 생긴 거지."

"이유는?"

"말했잖아. 검사 학교가 있는 위의 세계를 갈 수가 없다고. 이런 적은 없었어. 그러니 길을 뚫어 달라고."

"……."

무작정 거절할 수는 없는 부탁이었다.

셔먼이 꼭대기에서 검사 사회로 넘어갔고, 봉인석을 부순 사실을 나는 알고 있었기 때문이다.

하지만 지금 그 사실을 가렌트에게 전하진 않았다.

시기상조라고 생각했기 때문이다.

가뜩이나 불안해하는 중인데, 거기에서 좋지 않은 소식을 전하는 것만큼 악재의 악재도 없다.

'분명히…… 죽었을 거야. 지금 꼭대기에 있는 대검사.'

대검사가 두 손 놓고 셔먼이 봉인석을 부수도록 방관했을 리 없다.

검사들은 명예를 중요시하니까.

그 명예에는 자신에게 주어진 임무를 완수하는 것도 포함 된다.

가렌트가 마법사에 대한 기본 상식이 있듯이, 나도 검사들 에 대한 기본 상식이 존재했다.

그리고 셔먼이 검사 사회를 쑥대밭으로 만들었다면, 앞으 로 우린 더 피곤해진다.

마법사와 달리 검사들은 끈끈한 유대감이 있다.

그들이 죽고 못 사는 명예란 것에 그 유대감도 포함되니 까.

그런 검사들에게 '너희 대검사가 마법사의 손에 의해 죽었 다. 그런데 나랑은 관련 없는 일이야. 우리가 그런 건 아니 잖아? 우리의 적이 그런 거지.'라는 무책임한 말을 할 수 있 을까?

오히려 그들의 혐오감을 더욱 증폭시키는 촉진제에 불과 하다.

사일러드가 부활한 지금.

모든 신경을 사일러드 쪽에 쏟아도 부족한 판에 검사들까 지 설득할 여력이 없어서다.

"도움은 그게 끝?"

대신 이건 확실히 묻고 싶었다.

"일단은."

하지만 가렌트는 애매모호한 답을 내놨다.

그것만 있는 건 아니라는 뜻이다.

"그래, 말 나온 김에 들어 보자, 왜 전에 바이스한테 에타르를 만나고 싶어 했는지."

"그건 단순했어. 우리도 검사 사회 꼭대기에서 봉인석의 검은색 비율을 볼 수 있었잖아."

"……그랬지."

"그런데 검은색 비율이 차오르는 속도가 빠르더라고. 드라코 타일런트가 그 힘을 흡수하면 세상을 장악할 거라고 생각했고, 우리 검사들은 마법사와의 전쟁을 치러야 할 운명이라고 받아들여서지."

"……"

보기완 달리 은근히 똑똑하다.

실제로 타일런트는 그럴 계획이었는데, 얼굴도 본 적 없는 타일런트에 대해서 그렇게 정확히 예측하는 게 신기했다.

그것을 묻자 가렌트는 가소롭다는 듯이 헛웃음을 치며 답했다.

"너희 마법사를 비하하려는 건 아니지만. 너희에겐 목숨보다 소중히 여기는 명예란 게 없잖아. 너희에게 중요한 건 명예보다 개인의 목표지. 제 스승을 죽인 놈인데 뭘 못 해? 하고도 남지."

"참…… 할 말 잃게 만드는군."

기분이 조금 상하긴 했지만, 어쩌겠는가.

사실인데.

실제로 타일런트에게 명예를 중요시하는 정신이 1%라도 있었으면 날 죽일 생각도 하지 않았을 거니까.

"그래도 틀렸어. 마법사 중에 명예를 중요시하는 마법사도 있어."

에타르를 말하는 것이다.

그가 잘못된 세상을 올바르게 인도하고 싶었던 것.

난 그것도 명예에 충분히 속할 수 있는 범주라고 여겼기 때문이다.

가렌트는 설명을 이었다.

"아무튼, 나는 마법사와의 전쟁을 치르면 질 거라고 생각해서 나름의 대비를 하고 있었는데 도중에 흥미로운 걸 목격했거든."

"흥미로운…… 것?"

"약 7개월 전의 일이야. 분명 방학 중인데 마법 학교 학생들이 숲으로 모이더군. 그것도 라믹 분교 교복을 입은 학생만. 그런데 라믹 리비아랑 에드 에타르가 서로 싸운 걸 목격했어. 에드 에타르는 학생들을 살리려 하고, 라믹 리비아는 오히려 학생을 죽이려고 하더군."

분교를 폐쇄할 때의 일이다.

에타르, 트레샤, 알프릭.

이 세 명이 본교로 넘어오기 전 자행한 것으로 보였다.

"그래서 깨달았지. 아, 현재 마법 사회는 내부 분열이 일어났구나. 그들도 서로를 주적으로 삼고, 싸우는 중이구나. 그래서 만나고 싶었던 거야, 에드 에타르를."

"그 말은…… 에드 에타르와 함께 타일런트와 싸우기 위해서?"

"응. 타일런트는 검사 사회까지 장악할 걸 예상했으니까. 우리의 전쟁 상대는 타일런트. 그래서 같은 적을 둔 상황이라면, 잠시 손잡자고 말하고 싶었지."

"나 참……."

지난날의 내 결단이 후회되었다.

이런 일인 줄 알았으면…….

그때 바이스에게 신분은 계속 숨기라는 것을 지시한 게 결국엔 독이 되어 다가온 게 아닌가?

한편으로는 정말 애석한 마음도 들었다.

가렌트가 저런 다짐을 한 게 조금만 빨랐다면…….

내가 분교로 넘어가기 전에 이런 소식이 들렸다면 정말 좋았을 텐데 말이다.

내가 꼭대기에서 사일러드에게 패배한 결정적인 이유.

몸이 허약하여 비전력을 전생과 비교하면 한심한 수준으로 구현했기 때문이다.

즉 이 몸만 튼튼했다면, 얼마든지 승산이 있는 싸움이란 뜻이다.

가렌트의 사정을 듣고 나니 더욱 에타르에게 미안한 감정만 들었다.

'시기가 조금만 빨랐다면…… 에타르 네가 희생하지 않아도 됐을 텐데…….'

인생은 늘 이변의 연속이라지만…….

이번의 이변은 내게는 너무나도 가혹한 형벌로 다가왔다.

"좋아. 가렌트. 그 부탁 들어줄게. 대신 나도 부탁이 있어."

"무슨 부탁?"

"검사들은 몸을 튼튼하게 하는 방법. 잘 알잖아? 그걸 내게 알려 달라고."

나와 사일러드의 전쟁은 아직 끝난 게 아니다.

내게 주어진 시간이 얼마나 있을지 모르겠지만, 비전력을 완벽히 구현할 수 있는 몸을 만들어야 했다.

비전력을 구현할 수 없으면 절대 사일러드를 제압할 수 없다.

내가 아무리 플레우드라 하더라도 사일러드는 그가 터득한 방식으로 새로운 원소 두 개를 손에 넣었고, 이젠 비전력까지 사용할 수 있는 괴물이 되었다.

상대도 비전력이란 무기를 가지고 있는데, 내 무기는 녹이 슬어 무딘 칼날이면 애초에 동등한 싸움이 성립되지 않으니까.

그저 불나방이 될 뿐이다.

"그 말은…… 검사들의 수련법을 그대로 너한테 시켜 달라는 것 같은데?"

"맞아."

"뭐, 좋아. 우리 부탁을 들어준다면 어려운 거 아니니까."

가렌트는 사정을 제대로 모르지만, 흔쾌히 허락했다.

대신 은근히 강조하는 것이 있었다.

"그래서, 내 부탁은 언제 들어줄 거지? 당장 들어줬으면 좋겠는데. 검사 학교 꼭대기에 있는 내 후임 대검사가 걱정되기도 하고."

"……일단 그 전에, 나도 해결할 일이 있어."

"뭐길래?"

조각사들을 다시 모아야 한다.

에타르의 희생을 이미 알고 있을지 없을지 모르지만, 그들은 지도자를 잃었다.

그리고 에타르는 내게 새롭게 지도자를 맡아 주길 간곡히 부탁하고 스스로 장렬히 산화했다.

그런 에타르의 부탁을 들어주는 게 먼저라고 생각했다.

난 가렌트에게 마법 사회 꼭대기에서 일어난 전쟁을 설명하고, 내 사정도 이야기했다.

"……그런 이유라면 외면할 수 없지."

그래도 명예를 중요시하는 검사이기에 가능한 반응이었던 걸까.

그는 고집부리지 않았다.

그가 내게 손을 내밀며 말했다.

"우리가 예전부터 그토록 말하던 화합, 이제야 이룰 수 있는 건가? 이제 일시적 화합 말고 영원한 화합이었으면 좋겠는데. 네가 예전에 내게 경고한 말이 결국 실현되었잖아."

"무슨 말?"

"사일러드가 다시 부활하면 그땐 어떡하겠느냐고. 계속 단절된 채로 살면 서로 파멸할 거라고 그랬잖아."

그래…… 그랬지.

내가 예언 같은 걸 한 건 아닌데, 결과적으론 그 일이 실제로 일어나고 말았다.

따라서 우린 상황에 의한 수동적인 화합이지만, 그래도 450년 전과는 다르다.

그땐 일시적인 화합이었지만, 지금 가렌트가 내게 청한 것은 이 화합을 영원토록 유지하잔 제안이었으니까.

특히나 사일러드는 검사들도 극도로 혐오하는 마법사다.

그가 죽인 보름달 전투에 참가한 여덟 명의 검사 중 당시

대검사는 가렌트의 조부.

그의 부친은 대검사 제자 신분으로 전투에 참여했다가 살아 돌아오지 못했다.

가문의 원수가 멀쩡히 살아나, 위협을 가하고 있으니 같이 싸우자는 것이었다.

"좋아. 공동의 적을 마주한 상태니까."

난 답하며 그의 손을 맞잡고 흔들었다.

그리고 다른 손에 든, 타일런트와 현 대검사 밀턴이 작성한 합의서를 불 원소를 이용해 태워 버렸다.

이로써 이제 각자 영역을 나눈 삶도 끝이다.

"일단. 그럼 네 상황을 해결해야 하잖아. 하고 와. 기다리고 있을게."

그리고 내 의견을 존중했다.

난 침대에서 일어나 델세르와 함께 나가며 말했다.

"갔다 올게, 가렌트."

"그래, 기다리고 있을게. 그리고 공식적으로 화합하기로 한 거니까 우린 검사의 거리 입구부터 허문다? 서로 왕래가 편하도록."

내가 그를 만나러 갈 때 언제든 올 수 있도록 문을 열어 주겠다는 뜻이다.

"알았다. 그리고, 고마워."

"고맙긴, 내가 고맙지."

얼굴도 몰랐던 옛 친구를 우연히 만나면서 부서져 흩어졌던 조각들이 다시 차츰 본래 있던 곳으로 모이는 느낌이 들었다.

　"가자, 델세르. 선술집으로."

　하지만 일단 그 전에 상황부터 수습해야 한다.

　일단 우리쪽 전력부터 가다듬고, 앞으로의 일을 계획해야 했기 때문이다.

　"네, 아르키스 님."

　델세르는 어느덧 에타르를 향한 슬픔을 털고, 씩씩한 발걸음으로 내 뒤를 따랐다.

# 에타르가 남긴 것

황폐한 꼭대기에 홀로 남은 사일러드.

그는 구현할 수 있는 온갖 마법을 구현했다.

여전히 얼굴 반쪽에서 오는 화상의 고통이 존재했지만, 충분히 버틸 수 있는 수준이었다.

그런 고통을 애써 무시하고 마법을 구현하는 이유.

바로 밑의 층으로 향하기 위해서였으나…….

"이런! 빌어먹을!"

에타르의 말대로 밑의 세계로 향하는 길은 존재하지 않았다.

아니, 어쩌면 에타르가 빅뱅을 터트리며 기존에 막힌 길도 전부 사라진 것 같은 느낌이다.

하지만 사일러드는 정확히 알 수 없었다.

막힌 길도 전부 통째로 날아간 것인지, 아니면 정말 자신이 이용하는 방법을 몰라서 못 찾는 것인지.

누군가에게 물어볼 수도 없으니 그저 답답할 따름이다.

"뭔가 방법이 있을 거야…… 방법이."

사일러드에게 남은 건 막대한 양의 마나와 비전력.

이 두 가지를 이용하면 어떻게든 될 거라는 믿음으로 마법 구현을 멈추지 않았다.

델세르와 함께 선술집에 도착했을 때였다.

선술집은 내가 그간 본 풍경과 달랐다.

넓은 규모를 자랑하는 선술집이 무색하게 늘 손님은 없고 간간이 들르는 조각사들이 전부였던 쓸쓸한 선술집인데.

오늘은 문전성시를 이루었다.

선술집 안에 있는 마법사들은 당연, 조각사들.

루스 알프릭, 라무스 트레샤, 그리고 에밋 바이스.

하지만 난 알프릭과 트레샤의 옆을 보자 다시 가슴이 따끔해졌다.

늘 있던 사람이 갑자기 사라지면서 생긴 빈자리의 쓸쓸함 때문이다.

선술집엔 조각사 말고도 낯선 마법사들도 있었다.

눈치껏 알 수 있었다.

전부 본교 학생들이란 걸.

눈치를 챌 수 있던 이유도 그 속에 클레어와 케이가 섞여 있었기 때문이다.

"아르키스 님……."

알프릭이 벌떡 일어나 내 앞으로 다가오며 말했다.

여전히 침울한 표정이었다.

"알프릭, 이미…… 알고 있지? 에타르는……."

"말씀 안 하셔도 됩니다."

태연한 척은 하고 있지만, 알프릭의 목소리도 울먹거렸다.

"……미안하다, 지켜 주지 못했어."

"아닙니다."

선술집의 분위기는 전부 침울했다.

단체로 우울증이라도 걸린 분위기다.

그도 그럴 것이 그들의 지도자 에타르를 잃지 않았던가.

나도 착잡한 마음에 무슨 말을 해야 좋을지 몰랐을 때다.

스파클이 내 앞으로 다가와 울먹거리는 목소리로 말했다.

"아르키스 님…… 부탁이 있어요."

에드 분교 6클래스 때.

그녀가 내게 부탁을 한 적이 있었지만, 그땐 매몰차게 거절했다.

하지만 지금은 상황이 다르지 않던가?

아버지를 여의었는데. 매몰찰 이유가 없다고 생각해 인자하게 답했다.

"그래, 말해 봐."

"잠깐 장례는 치르게 해 주세요. 아직 전쟁은 끝나지 않았지만…… 적어도 기릴 수 있는 시간은 달라는 거예요."

"……"

솔직히 조금 놀랐다.

내가 아는 스파클은 서클이 무색하게 애 같은 행동을 곧잘 보였는데, 지금은 어엿한 한 명의 성인 마법사의 모습이 되었으니까.

실제로 스파클은 분위기도 많이 달라졌다.

"그러자. 나한테도 필요한 시간이니까."

내 답이 떨어지자마자 스파클은 말없이 내 손목을 붙잡고 나를 지하실로 끌고 갔다.

그러자 내 뒤를 에드 가문의 마법사들, 니드, 바이스, 알프릭, 트레샤, 델세르까지 전부 졸졸 따라 내려왔다.

지하실로 내려가면서 눈에 밟히는 것 하나가 있었으니.

에드 가문의 마법사 중 보여야 할 한 명이 보이지 않았던 것이다.

'이상한데……'

불길한 기운이 엄습한 채로 도착한 지하실.

그 중앙엔 1클래스 때 내 담당 교사였던 에버가 창백한 피부를 가진 채 누워 있었다.

"······에버도 당한 건가."

"······네."

이번엔 임펠이 답했다.

"미안하구나, 너희들을 다치게만 하고 이기지도 못해서."

"아닙니다. 제가 상대를 얕봐서 이런 꼴이 난 겁니다. 제가 죽인 겁니다······."

임펠은 자신의 탓으로 돌렸다.

스파클은 그사이 모브 하나를 가지고 와 시체로 변한 에버의 가슴에 올렸다.

"아버지 물품이 여기엔 없어서요. 대신 저 모브는 아버지가 만든 거니까······."

무슨 의도인지 알았다.

"시작하자. 잠깐의 장례."

에드 가문의 마법사는 일제히 에버의 시체에 불을 붙였다. 불 원소를 가진 그들만의 화장 방식이다.

"에버, 그곳에 가서 아버지를 잘 부탁한다."

임펠이 에버에게 남긴 말이다.

불길은 곧 에버 몸 전체를 집어삼켰고, 그의 가슴에 올려진 모브에도 닿았다.

모브는 타들어 가면서 점점 검은색으로 변했고.

그에 따라 에버의 몸체는 서서히 투명하게 변하는 것처럼 사라지기 시작했다.

마법을 이용한 마법사들만의 평화적인 화장 방법이기에 살점이 녹아내린다거나, 뼛가루가 남는 현상이 일어나지 않는 것이었다.

"흑흑……."

그리고 바이스 옆에 있던 델세르.

그녀는 참았던 울음을 다시 터트렸다.

시선은 에버의 가슴에 있는 모브에 고정한 채다.

울고 있는 델세르를 바이스가 토닥거리며 나지막이 말했다.

"그래, 지금은 슬퍼할 때니까. 마음껏 울어, 델세르."

델세르는 에버의 시체가 완전히 소멸할 때까지 울음을 멈추지 않았다.

하지만 나는 그녀의 눈동자가 무슨 말을 하고 있는지 알수 있었다.

'저랑 약속한 대로 아버지와 만나게 해 주셨네요……. 그러니까 용서해요. 부디 그곳에선 편안한 휴식만이 있길 바라겠습니다, 에타르 님…….'

나도 검게 타들어 가는 모브를 보며 에타르에게 전할 말을 속으로 삼켰다.

'에타르, 나와의 약속 못 지켜서 미안하다고 했지만…….

그럴 필요 없어. 신경 안 써도 돼. 네 덕에 어쨌든 검사들과의 화합은 이루어졌으니까.'

가렌트와 얘기를 나누면서 발견한 공통점.

전부 에타르의 기행을 목격한 뒤에 가렌트가 우리 마법사에게 도움을 요청할 결심이 생겼다.

그리고 에타르가 마지막에 한 행동.

꼭대기에 있던 나를 강제로 밑의 세계로 보낸 일.

의도한 것인지 아닌지는 모르겠으나 검사들의 거리에 안착했다.

난 적어도 의도한 것이라고 믿는다.

이렇게라도 에타르는 나와의 약속을 지키고 싶었나.

"이 친구야, 보상은 달게 받았어. 그러니 신경 쓰지 마."

이번엔 알프릭의 말이다.

에타르가 내게 남긴 유언과도 같은 말.

알프릭과 트레샤에게 도움을 준 보답은 확실히 하겠다는 그 약속을 못 지켜서 미안하다는 말을 전해 달라고 했었다.

하지만 알프릭은 무슨 보상인지는 모르겠으나, 자신은 확실히 받았으니 마음 쓰지 말라는 따뜻한 말을 건넸다.

"그래. 아르키스 님과 계속 함께할 수 있는 것만큼 위대한 보상이 어디 있어? 푹 쉬어라, 에타르."

트레샤가 마지막을 장식했다.

그렇게 에버의 시체는 사라졌고, 그의 가슴에 놓였던 모브도 말끔히 사라졌다.

에버의 시체와 에타르의 모브는 이제 연기가 되어 눈에 보이지 않게 되었다.

"할 말이 있어. 다들 위로 올라와."

장례는 이로써 끝.

이제 다시 전쟁을 준비해야 했다.

난 지하실에 있는 조각사들에게 위로 올라오라는 명령을 남긴 채, 먼저 올라갔다.

❧

가렌트는 검사 의회에 친위대원 전부를 호출했다.

끝과 끝이 제대로 보이지도 않을 정도의 거대한 직사각형의 테이블.

그 상석에 가렌트가 앉았고, 좌우엔 친위대원들이 자리했다.

"내가 너희들을 부른 이유는 중대한 결정을 전하기 위해서야. 미리 사과하지. 나 혼자 독단적으로 결정했어."

"무슨 일이길래 먼저 사과를 하시는 거죠, 가렌트 님?"

"너희들. 그 마법사 꼬마 둘을 내가 데리고 있는 것도 불만 가졌잖아."

가렌트가 먼저 지적했다.

"......"

현재 검사들 중 마법사에 대해 호의적인 검사는 가렌트가 유일하다고 봐야 했다.

그도 그럴 것이 여태껏 그들이 살아오면서 겪은 재앙과도 같은 일들은 전부 마법사 때문이었다.

마법사들이 지속적으로 먼저 도발해 와서, 크고 작은 전투가 간간이 일어났다.

최근에는 갑자기 영역을 나누기까지 했다.

그런 상황에서 이번에는 하늘이 검게 변하며 밑의 세계 검사들과 평민까지 불안하게 만들었으며, 그 검은 반점에서 소행성 같은 불줄기가 튀어나와 검사의 거리에 피해까지 끼쳤으니 곱게 보일 리가 없었다.

하지만 가렌트는 그 속에서 발견된 두 명의 학생 마법사 중 하나가 실은 자신의 옛 친구였다는 걸 알게 되자 깨어날 때까지 자신의 집에 데리고 있었다.

그 행동에 대해 불만을 토로하는 친위대가 상당히 많았기 때문이다.

"일단, 이거 하난 확실히 하자. 마법사들에게도 내부 파벌이 있다는 것과 우릴 계속 괴롭혔던 마법사는 드라코 타일런트라는 거, 이 두 개는 너희도 알고 있지?"

"……네."

"근데 그 타일런트는 너희들이 아까 봤던 나의 옛 친구, 아르키스 에이머의 제자였어."

"······잠깐만요."

그러던 중 친위대원 한 명이 표정을 잔뜩 찌푸리며 손을 들었다.

"뭔데?"

"어떻게 제 스승을 죽인단 말입니까? 그게 정녕 제자가 할 수 있는 행동입니까?"

명예를 중시하는 검사들에겐 감히 상상도 못 할 일이지만, 일일이 설명하기도 입이 아픈 가렌트다.

"그건 중요한 게 아니라고 생각하는데?"

"어떻게 중요한 게 아닙니까!"

"시끄럽고 내 말이나 끝까지 들어."

평소 화를 낸 적이 없는 가렌트.

그가 진지하게 표정을 굳히며 목소리를 내리깔자, 이젠 반박했던 친위대원이 시선이 밑으로 내리 깔아졌다.

"우리와 마찰을 끝없이 지속했던 드라코 타일런트는 죽었다. 그런데 문제가 있어. 사일러드라고 다들 알지?"

"······사일러드."

보름달 전투는 검사 사회에도 지대한 영향을 끼친 하나의 역사다.

검사 여덟 명이 그 마법사 하나를 잡기 위해 다른 마법사들과 손잡고 함께 싸운 사건이니 모를 리가 없었다.

적어도 이름은 확실히 알고 있다는 뜻이었다.

"그놈이 깨어났단다. 자, 이쯤 되면 내가 무슨 말을 할지 감이 오지 않아?"

"설마…… 마법사와 다시 손잡으시겠다는 뜻입니까? 그 사일러드와 싸우기 위해?"

"응."

하지만 친위대원들의 반응은 냉랭했다.

"왜……! 왜 마법사들의 일 때문에 늘 저희만 피해를 봐야 하죠? 그들이 친 사고에 언제까지 저희가 피를 흘려야 한답니까!"

이것은 이기주의가 아니다.

개인주의에 가깝다고 봐야 한다.

늘 마법사에게 당하고만 살았던 검사들.

이번에도 그 역사의 굴레를 되풀이한다고 여긴 친위대원들이 대다수였기 때문이다.

"너의 말엔 심각한 어폐가 있어."

가렌트는 침착하게 그를 지적했다.

"난 사일러드와 싸운 적이 없어서 그가 얼마나 강한지 몰라. 그런데 내 옛 친구 아르키스 에이머는 전 대마법사였어. 그 녀석은 직접 싸웠지. 내 조부님, 아버지와 함께 말이야. 그리고 겨우 봉인하는 것으로 끝났지. 그런 내 친구도 지금 어떻게 손쓸 방법이 없을 정도로 강한 것만은 알지."

"그럼…… 화합을 해도 의미가 없는 것 아닙니까? 이기지 못하는 싸움인데…….”

“그렇다고 계속 단절되면 각개격파밖에 더 당하나? 우리가 무엇을 위해 검사가 되었고 수련했는지, 잊었어?”

“…….”

가렌트의 지적에 그는 입을 꾹 다물었다.

“그래서 이것을 알리기 위해 너희를 부른 거야. 일단 현대검사인 밀턴의 허락도 받아야 하지만, 너희들도 알다시피 지금 위의 세계로 가는 길이 막혔잖아. 저 길을 뚫어 줄 사람이 아르키스 에이머야. 그래서 내가 먼저 제안한 거고. 여러 상황을 종합했을 때, 우리에게 현재 마법사가 필요하니까. 따라서 내가 하고 싶은 말은.”

가렌트는 잠시 친위대원들 전부와 시선을 교환한 뒤에 말했다.

“내 결정이 틀렸다고 생각하는 녀석들은 검사직을 관둬라. 안 말려.”

강수를 두었다.

“생각할 시간 2분 준다.”

그리고 그 말이 끝나자마자 시간을 쟀다.

“바이스. 이제 이런 위장 필요 없으니까, 전부 없애도 되

현생한
대마법사의
정주행

지?"

"물론입니다."

선술집으로 올라오자마자 바이스에게 한 말이다.

전부 타일런트의 추적을 피하기 위해 위장했던 것들.

이제 필요 없다.

다른 적대 세력이 등장했지만 우리가 눈치 볼 세력은 완벽히 사라진 상황이니까.

"저희가 치울게요. 아르키스 님은 쉬고 계세요."

그때 트레샤가 내게 한 말이다.

"아니, 너희들이 할 일은 따로 있어."

"뭔데요?"

"내가 여기에 오기 전에 검사의 거리에 있었거든. 그곳에서 옛 친구를 만났어. 아, 트레샤랑 알프릭 너희는 잘 아는 친구겠다."

"혹시 가렌트……?"

알프릭이 조심스럽게 물었다.

"알고 있네?"

"네. 전에 에타르에게 들은 적이 있으니까요."

에타르의 이름이 다시 거론될 때, 에드 가문의 마법사들은 움찔했다.

아직 슬픔을 완벽히 턴 상태가 아니기에 당연한 반응이었다.

"그럼 얘기가 쉽겠군. 그 가렌트랑 약속한 게 있어."

"뭡니까?"

"이제부터 우리 조각사는 검사들과 손잡는다, 공식적으로."

"어어……."

그런데 다들 어안이 벙벙한 모습이었다.

하긴, 나도 이해한다.

몇백 년을 그렇게 단절되며 살았는데 갑자기 손잡았다고 하니, 무슨 반응을 보일지 모르는 거겠지.

하지만 지금 그런 게 중요한 게 아니다.

"따라서 너희는 검사의 거리 입구를 허물어, 검사들이 자유롭게 왕래할 수 있도록."

"……그래도 되는 걸까요?"

트레샤는 유독 조심스러웠다.

"뭔 상관이야? 타일런트는 사라졌고 사일러드만 남은 세상인데. 그리고 그 사일러드를 잡기 위해선 나도 검사들이 필요해."

숨김없이 솔직하게 전했다.

"알겠습니다."

그러자 트레샤는 더는 묻지 않았다.

알프릭과 함께 선술집을 나서려는 움직임을 보였다.

"내가 알기론 그 입구가 상당히 넓고 많은 걸로 알고 있는데, 둘로 되겠어? 조각사 전부가 붙어야 할 것 같은데."

나머지 조각사들도 알프릭 쪽으로 붙으라는 지시다.

"넵. 알겠습니다."

에드 가문의 마법사들은 내 명령에 절대 토를 달지 않았다.

그야말로 절대복종.

시키는 일엔 다 이유가 있다.

그리고 그 이유는 절대 우리에게 해가 될 것들이 아니다.

이런 강한 믿음이 비치는 행동들이었다.

"자, 그럼 조각사 전부 그쪽으로 붙고……."

"그런데 여기 정리는 어떻게 하죠?"

트레샤가 물었을 때.

"간단하잖아."

난 답하며 선술집 중앙에 플레우드 보주화를 띄웠다.

몸은 확실히 회복된 상태다.

더군다나 비전력만 사용하는 게 아니라면 이런 마법쯤은 아무런 제약 없이 얼마든지 구현할 수 있었다.

그리고 추가한 하나의 마법.

바람 원소 마법이다.

선술집을 구성한 가구들을 전부 들어 올려 플레우드 보주화로 밀어 넣음으로써 말끔하게 정리했다.

"아…… 저희처럼 부수는 마법이 아니라 소멸시키는 마법이니…… 아르키스 님만 할 수 있는 방법이네요."

다른 원소들은 기본적으로 부수는 성격이 강하다.

특히 트레샤가 가진 대지 원소는 그 성격이 원소 중 돋보일 정도다.

아마 트레샤에게 이곳 정리를 지시했으면, 전부 땅에 묻을 생각을 했을 거다.

이제 선술집을 이루는 물건은 없다.

이곳은 아무것도 없는 하나의 공실이 되었다.

"여긴 이렇게 정리 끝났으니까 너희는 내가 시킨 걸 시행하고 오도록."

"알겠습니다!"

트레샤가 그렇게 마법사의 거리를 허물러 나가던 순간이었다.

클레어와 케이가 그들의 뒤를 따르는 것을 보고 내가 지적했다.

"너희 둘은 왜 따라가? 조각사만 붙으라니까."

"……저희도 조각사잖아요."

클레어가 당황하며 답했다.

"……언제부터?"

나도 모르던 사실이다.

아니, 저 둘이 언제 조각사로 들어왔는지가 제일 의문이었다.

"6개월은 됐는데⋯⋯."

클레어는 말끝을 흐리며 답했다.

한때 나와 경쟁하던 학생이 지금은 내 정체를 알고는 내 호칭도, 나를 대하는 말투도 확실히 정하지 못한 모습이다.

"그래⋯⋯? 어떻게?"

"어⋯⋯ 그게⋯⋯ 어디서부터 설명해야 하지⋯⋯?"

그러면서 클레어는 슬쩍 바이스에게 시선을 던졌다.

경황이 없어서 그러니 대신 설명해 달라는 눈빛이다.

"됐어. 가만히 있어. 내가 볼 수 있으니까."

난 클레어와 케이의 이마를 향해 플레우드 마법을 붙였다.

그리고 이어지는 마법은 바로 링킹.

링킹을 통해 둘의 기억을 뒤지고 어떻게 조각사로 들어오게 되었는지 그 경로를 설명 듣는 것보다 내가 직접 보는 게 훨씬 빠르니까.

둘의 기억을 뒤지는 건 오래 걸리지 않았다.

"그런 거구나? 참 기구한 우연이 다 있네."

100% 우연은 아닐 거다.

둘이 그만한 자격이 있고 재능이 있으니까 도서관 벽에 있던 웨이포인트를 발견하고, 이곳으로 흘러 들어오게 된 건 분명하다.

그리고 둘은 이번 전쟁에도 참전해 꽤 괜찮은 공로를 올린 것도 전부 확인했다.

"그래, 앞으로도 잘 부탁한다. 클레어, 케이."

"아······! 네!"

"그럼 가 봐."

그렇게 케이와 클레어는 트레샤와 함께 선술집을 나섰다.

이제 이곳에 남은 건 본교에서 강제로 이곳으로 온 학생들.

속칭, 구제받은 학생들이다.

그리고 내가 아는 얼굴들도 섞여 있었으니, 내가 1층과 2층, 4층을 거치면서 나와 경쟁했던 학생들이다.

그들은 전부 난처한 표정을 짓고 있었다.

분교 생활부터 책에서만 보던 그 이름.

아르키스 에이머.

겉으로만 봐도 서클이 높은 마법사가 내게 예의를 갖추며 그 이름으로 나를 부르니, 눈치껏 아는 거다.

"다들. 어리둥절하지?"

내가 묻자 학생들은 천천히 고개를 끄덕였다.

"일단, 진실부터 보여 주지. 그래야 말이 통할 것 같으니까."

"······이미 들었는데요."

몇몇 학생들은 사정을 알고 있으니 걱정 말라는 뉘앙스로 답했다.

"그래도 봐. 말로 듣는 거랑 직접 눈으로 보는 건 차이가 심하니까."

"……직접 눈으로 보다뇨?"

난 띄워 놓았던 플레우드 보주화에서 이곳에 있는 학생 수만큼 줄기를 생성했다.

플레우드 보주화에서 뻗어 나온 줄기가 전부 학생들 이마에 부착된 걸 확인한 나는, 곧이어 링킹을 시전했다.

링킹은 상대의 기억을 뒤질 수 있지만, 반대로 내 기억을 상대에게 보여 주는 것도 가능하니까.

그렇게 내가 죽었던 그날의 기억을.

학생들에게 부끄럽지만 여과 없이 보여 줬다.

"……허얼."

학생들의 표정은 전부 똑같았다.

하나같이 심각하게 굳어 가는 중이다.

기억을 다시 역으로 돌렸다.

이번에 학생들에게 보여 줄 기억은 바로.

450년 전의 보름달 전투다.

사일러드와 처절한 싸움을 벌였던 그 전투.

"허억……."

이제 학생들은 제 손으로 입을 틀어막으며 충격에 휩싸인 모습들이었다.

어떤 학생은 몸을 덜덜 떨기까지 했다.

이미 본교에서 어느 정도 위치가 있는 학생들인데도 저 정도로 공포에 질린 모습이다.

아마 분교가 아직도 있어서 초급 클래스 학생들 상대로 보름달 전투를 보여 줬다면.

분명 그 학생들의 바지는 축축하게 젖어 갔을 거다.

"시간 끝."

가렌트가 미리 고지한 2분이 정확히 지나자마자 시계에서 시선을 뗐다.

그리고 족히 절반 이상의 검사들이 이미 자리를 비우고 의회에서 나갔다.

검사직을 관둔 검사들이 비운 자리엔 그들이 입고 있었던 갑옷과 무기만 있을 뿐이다.

대신, 가렌트는 한 가지를 당부했다.

바로 언제든 마음이 바뀌면 다시 찾아오라고.

본래 사람이란 게 한번 내린 결정을 번복하는 경우가 잦다.

너희에게도 그런 경우가 충분히 있을 거니, 그 번복도 존중하겠다는 말을 남겼다.

이제 남은 친위대원은 기존의 절반가량.

이들은 가렌트의 결정이 옳다고 생각하고 함께하기로 했

다.

"자, 다들 일어날까? 에이머가 오기 전에 할 일이 있거든."

"뭡니까?"

"검사의 거리 입구를 허무는 일. 그간 서로 차단했던 통행을 자유롭게 하기 위해서."

"알겠습니다."

의회에 남은 검사들은 곧장 가렌트를 따랐다.

마법사들의 거리 입구는 마법으로 만들어진 결계지만, 마법을 사용할 수 없는 검사들의 사정은 그렇지 않았다.

검문소 같은 시설물을 설치하고 일일이 사람이 지켜야 했으니까.

가렌트는 자신의 검으로 기존에 설치되었던 입구를 전부 허물기 시작했다.

부서져 나가는 입구의 잔해들.

그것을 보고 있자니, 가렌트는 적어도 기쁜 마음이 들었다.

'뒤늦게나마 이렇게 된 건 그래도 다행이겠지.'

그러던 중, 마법사의 거리에도 마법사들이 나와 입구를 허무는 것을 목격했다.

'혹시…… 에이머가 조치한 일인가?'

문득 그런 궁금증이 들었다.

가렌트는 가장 가까운 곳에 있는 마법사에게 물었다.

키가 상당히 큰 여성 마법사였으며 푸른색으로 도배했다.

"뭐 하나 물읍시다, 마법사 아가씨."

"……?"

"지금 입구를 허무는 거, 그거 에이머가 조치한 일인가?"

"아르키스 님의 존함을 쉽게 말하는 것 보니…… 당신이 아르키스 님의 옛 친구분인가 보네요?"

"아, 이미 설명 들었구나. 네, 맞아요. 제 질문의 답을 듣고 싶은데."

"맞아요. 아르키스 님의 지시입니다."

비록, 직접 듣는 게 아닌 전해 들은 입장이지만 가렌트는 기뻤다.

아르키스 에이머는 300년 전의 마인드와 달라진 게 없다는 뜻이니까.

"어차피 곧 자주 보게 될 것 같은데, 통성명이라도 하죠? 제 이름은 이미 알고. 아가씨 이름은?"

가렌트가 손을 내밀며 친절한 목소리로 말했다.

"니드요."

니드도 그의 손을 맞잡고 흔들었다.

"하하, 벌써부터 화합하기로 한 게 후회되는데?"

그런 중에 튀어나온, 조금은 뜬금없는 가렌트의 한마디.

니드는 표정을 찌푸렸다.

"무슨 뜻이죠?"

"당신 같은 미인이 있는 줄은 몰랐으니까. 우리 검사들이 시선을 못 뗄 거 같은데? 이래 가지고서야 전쟁 준비나 제대로 될지 모르겠네. 다들 한눈팔게 될 거 같으니."

그저 앞으로 자주 보게 되니 미리 서먹함을 없애기 위한 의도를 가진 가렌트의 말이었지만, 니드는 크게 와닿지도 않았다.

'어휴…….'

니드는 그저 한심함 가득한 한숨을 속으로 삼키는 대신 다른 답을 내놨다.

"제가 웬만한 검사들보다 훨씬 오래 산 건 알죠? 그런 농담, 별로 재밌지도 않아요."

사람 무안하게 할 정도의 차가운 표정이다.

"아…… 그래요."

가렌트도 머쓱해하며 답했다.

"자, 여기까지."

본교 학생들에게 보여 주고 싶은 건 전부 보여 줬다.

이제 링킹을 해제하고 학생들에게 물었다.

"굳이 보름달 전투까지 보여 준 이유는 간단해. 타일런트의 시대는 끝났지만…… 사일러드가 남아 있다. 따라서 내 시대를 여는 건 아직 불가능하다는 뜻이지. 자, 그럼 이제 남은 문제. 내가 무슨 말을 할지 알겠지?"

학생들은 서로 눈치를 보다가 고개를 저었다.

"이 정도로 위험하고 잔인한 전쟁이라고. 그러니까 전쟁 끝날 때까지 다들 알아서 숨어 있으라는 뜻. 일일이 보호해 줄 수 없거든."

내가 그 말을 전했을 때, 학생들은 오히려 뭔가 고민하는 표정을 지었다.

그렇게 그들의 고민은 계속되었고, 제법 시간이 지났을 때.

한 학생이 용기를 내서 벌떡 일어나며 내게 말했다.

"……저희는 함께할 수 없어요?"

조금 신선한 충격을 받은 순간이었다.

"……함께하고 싶다니? 이 참상을 보고도?"

정말 놀라서 물었다.

일부러 끔찍한 장면만 전부 보여 준 거다.

감히 엄두도 내지 못할 정도로 공포에 휩싸이게 하도록.

그런데 그런 장면을 보고도 어떻게 저런 결정을 내릴 수 있는지 궁금했다.

"생각해 보면…… 상대가 그 정도로 강한데 오히려 아르키스 님과 떨어지는 게 위험한 게 아닌가 싶어서요."

"나도…… 그렇게 생각해."

용기를 낸 학생이 먼저 답을 내놓자, 하나둘 동조하는 학생들이 생겨났다.

그들의 결정은 전염병처럼 빠르게 퍼져, 이젠 모든 학생들이 함께하는 게 좋다는 답을 내놨다.

도대체 무슨 근거로 나와 떨어지는 게 오히려 위험하다는 생각을 가지게 된 걸까.

"그렇게 생각한 근거는?"

"사일러드를 보니까…… 소환사던데. 보여 주신 보름달 전투에서만 보더라도 그가 소환한 신물의 수가 눈으로 셀 수도 없을 정도로 많더라고요. 그렇다는 건…… 여기 밑의 세계 전체를 포위하고도 남을 숫자이지 않을까요?"

이제야 학생들이 왜 그런 결정을 내렸는지 알 수 있었다.

이들이 어차피 몸을 숨긴다고 해 봐야, 밑의 세계다.

즉, 절대 벗어날 수 없는 울타리에 갇힌 꼴이다.

그런 상황에서 사일러드는 과거보다 더욱 강해졌으니, 당연히 소환할 수 있는 신물의 수도 배로 늘어날 것.

오히려 나와 함께하면 최소한의 보호는 받을 수 있지 않느냐는 뜻이었다.

적어도 함께 싸우는 입장에선 플레우드의 보호 마법 하나라도 받을 수 있다는 생각이 서린 것이다.

"……생각하는 방식이 확실히 과거의 마법사들이랑은 많

이 다르네."

내가 생각하기에, '학생들이라면 이렇게 행동할 것이다.' 라는 예측은 벗어났다.

뭐, 이젠 익숙한 건가.

에드 분교에서부터 본교까지.

전부 내 예상을 벗어난 학생들의 행동이 주를 이루었으니까.

하지만 이것만큼은 그들 뇌리에 강하게 박고 싶었다.

"그래. 나와 함께하면 최소한의 보호는 받을 수 있겠지. 하지만 절대 안전한 건 아냐. 오히려 전장 한복판으로 뛰어드는 일이기 때문에 더욱 위험할 수 있어."

"괜찮아요. 어차피 사일러드가 사라져야 저희가 평화롭게 마법을 배우고, 수련할 수 있는 시대가 열리는 거잖아요."

학생은 당차게 답했다.

그리고 그 학생이 뱉은 답은 훌륭한 정답이었다.

"그건 그렇지."

"그거면 됐어요. 저희를 살려 준 것도 감사한데, 새로운 시대에선 가르침도 주실 거잖아요?"

역시, 당찬 학생이다.

이런 상황에서 나랑 거래도 다 하고.

절대 나쁜 기분이 아니었다.

오히려 흐뭇했다.

"그거야 물론이지. 그게 내가 원하는 세상이니까."

"그럼⋯⋯."

이번엔 다른 학생이 일어서며 소심하게 말했다.

"그렇다면 저희도 어쩌면 가주가 될 수 있을지도 모르겠네요?"

학생들은 당장 눈앞에 놓인 끔찍한 전쟁을 염두에 두지 않았다.

오히려 그 전쟁이 끝난 뒤에 어떠한 보상이 자신들을 기다리고 있을까, 그 뒷일만 예상하는 중이다.

평민 출신의 마법사인 데다가 현재는 학생 신분.

그런 마법사가 노력만 하면 충분히 가주가 될 수 있는 시대가 다가온다고 하니 전쟁의 두려움은 이미 사라진 듯했다.

"그럴지도 모르지, 재능만 있다면. 가주 허가가 조금 엄격하긴 하겠지만."

"같이 싸우면 가산점을 조금이라도 주실 거죠? 그렇죠? 어차피 그때 되면 가주 심사는 아르키스 님이 하시는 거 아닌가요?"

정말⋯⋯ 당돌하다.

이런 것까지 약속을 받아 내려고 하니.

"물론이지."

정말 이들이 전쟁을 함께하고 살아남은 뒤에 가주 심사까지 받을 자격이 주어진다면 그런 가산점쯤 안 줄 이유가 어디 있겠나?

무려 사일러드와의 전쟁을 함께하는 것인데.

그런 큰 결단을 내린 만큼, 나도 조금은 파격적인 혜택 한두 개쯤은 있어야 한다고 생각했다.

"대신 살아남는 사람에 한해서. 그러니까 죽지 마. 내가 일일이 지켜 주지도 못할뿐더러 죽는 사람이 많아질수록 슬프니까."

이번엔 그 말을 강조했다.

"알겠습니다!"

이제 학생들은 씩씩한 목소리로 답했다.

정말 목소리엔 두려움 같은 걸 찾아볼 수가 없는 상태다.

조각사의 몸집이 갑자기 커지는 순간이었다.

"다녀왔습니다, 아르키스 님."

때마침 마법사의 거리 입구를 허문 기존의 조각사들, 즉 1기 조각사—나는 이들을 1기 조각사라고 부르기로 했다—들이 선술집으로 도착했다.

난 1기 조각사의 주요 인사들, 즉 임펠, 루트, 트레샤, 알프릭, 바이스 이 다섯 명만 따로 불렀다.

"그러니까…… 키에나랑 헤이 학생의 정체가, 사실은 사일러드가 비전력 소환 마법으로 창조해 낸 생명체였다는 거죠?"

트레샤가 심각한 표정으로 물었다.

지금의 사일러드가 과거에 비해 얼마나 다른지, 그리고 그의 계획이 뭐였는지.

이제야 여유가 조금 생겨 제대로 전하는 중이다.

내가 고개를 끄덕이자 트레샤가 인상을 찡그렸다.

"이야…… 이거 골 때리네요. 비전력이랑 소환 마법이 합쳐지면 사람을 창조해 내는 것도 가능하구나."

"그래서 이번 전쟁이 더욱 쉽지 않을 것 같다는 거야. 보다시피……."

난 내 몸을 가리키며 한 말이다.

전생에 비하면 얼마나 작고 나약해졌는지, 너희는 알지 않느냐는 몸짓의 물음이다.

"그래서 검사들이 필요하다고 하신 거고요?"

"응. 몸이 튼튼해야 비전력도 사용할 수 있으니까. 내가 사일러드한테 패배한 이유도 다 이 몸이 약해서야."

"그건 문제가 안 되는데…… 제일 현실적인 문제가 남아 있지 않나요?"

"사일러드가 과연 언제 이 밑의 세계로 오느냐, 그거?"

"……네."

내가 생각하기에도 그게 가장 큰 현실적인 문제다.

300년이 넘는 봉인도 풀렸고.

과거에 비하면 견줄 수 없을 정도의 힘을 가진 녀석이 지금 당장 내가 있는 밑의 세계를 쳐들어와도 이상하지 않았기 때문이다.

그런데 그 순간, 문득 걸리는 한 가지가 있었다.

"……그러고 보니 사일러드가 왜 아직도 잠잠하지? 벌써 한나절이나 지났잖아?"

에타르에 의해 밑의 세계, 그것도 검사들의 거리에 낙하하며 정신을 잃었다.

분명 델세르는 내가 정신을 잃은 게 한나절쯤은 됐다고 했으니…… 분명 꽤 긴 시간이다.

지금의 사일러드에겐 말이다.

그런 그가 왜 아직도 조용한 것인지 난 이해를 할 수 없었다. 하지만 단지 그것만으로도 희망이 보이는 듯했다.

"혹시 말입니다."

그때 바이스가 입을 열었다.

"올 수 없는 게 아닐까요? 아까 확인했는데 여전히 하늘에 생긴 검은 반점에 불길이 사라지지 않고 있어요. 한나절이나 지났는데 말입니다."

"……."

도대체 어떻게 그런 일이 가능한 걸까.

그것이 분명 에타르의 불꽃인 건 알고 있지만, 에타르는 이미 죽었을 텐데…….

"설마…… 에타르가 아직도 싸우고 있는 건가?"

알프릭이 그런 추측을 내놨다.

"그건 절대 아닙니다."

하지만 이번엔 루트가 딱 잘라 말했다.

"……왜?"

"아시잖아요, 알프릭 님. 제가 가진 모브는 일반 조각사 모브랑은 달라요. 조각사의 주인이자 당시 분교장이었던 아버지와 교감이었던 저였으니, 더 특별하거든요."

그러면서 루트는 자신의 모브를 활성화하고, 명단 하나를 띄웠다.

현재 조각사 명단이다.

그중 유독 내 눈에 띄는 것은 '에드 에타르'란 이름이 검정색으로 변해 있는 것이었다.

"다른 분들의 모브엔 아마 하얀색으로 표기되었을 겁니다. 하지만 제 모브는 달라요. 저랑 아버지의 모브는 서로 연결해 놨으니까요. 돌아가실 때만 검은색으로 나오도록 했거든요."

"……그럼 사일러드가 왜 아직도 활동을 하지 않은 거지? 저 불길은 뭐고?"

궁금한 바이스가 물었다.

"아…… 다른 분들은 모르시는 건가……?"

이번엔 임펠이 조심스럽게 얘기를 꺼냈다.

"임펠 자넨 뭐 아는 거 있어?"

당연히 이제 모든 이목은 그에게 집중되었다.

바이스의 질문에 그는 난처한 듯, 볼을 긁적이다가 루트에게 물었다.

"루트…… 넌 몰라? 처음에 아버지가 타일런트와의 전쟁을 계획할 수 있었던 이유."

"……난 들은 적 없는데?"

"그런가. 나한테만 말씀하신 건가. 하긴, 생각해 보면 당시 내 신분은 친위대장 부대장이었으니. 내 역할이 가장 중요했지."

하지만 난 둘의 대화를 끼어들 수밖에 없었다.

"너희 둘만 아는 얘기 하지 말고. 설명해 봐, 임펠."

"그게 말입니다…… 그건 다들 아실 거예요. 아버지는 이 전쟁에서 이길 생각을 절대 안 했거든요."

나도 잘 안다.

그러다 나를 알게 되면서 이제는 이길 수 있다는 생각을 했다고 했으니까.

"아버지가 그린 가장 이상적인 결과는 드라코와 함께 파멸하는 거였어요. 즉, 자폭이라고요. 그 자폭의 방법을 터득하시고 전쟁을 착수하기 시작한 거죠."

"……자폭?"

"아르키스 님은 들어 보신 적 있을 거라고 생각됩니다. 불 원소사만이 도달할 수 있는 궁극의 경지. 아주 잠깐이지만, 상성을 무시할 수 있는 마법을 발휘할 수 있는 그 경지요."

"……설마, 에타르가 그걸 터득한 거라고?"

나도 잘 알고 있는 그 경지.

플레우드는 절대 도달할 수 없는 경지다.

오직 단일 원소사인 불 원소사만 도달할 수 있는 경지.

그런데 언제 에타르가 그 정도가 되었다는 말인가?

적어도 그와 함께 있으면서 그런 기미를 하나도 느끼지 못했다.

"네. 그래서 같이 파멸하기로 한 거예요. 아르키스 님의 존재를 몰랐을 때, 본래 저희 전쟁 계획은 친위대장 부대장인 제가 드라코와 친위대를 한곳에 모으고, 그때 같이 파멸하실 생각이었거든요."

"……."

그렇다면 저 하늘에 여전히 불타오르는 불길의 이유도 설명이 되었다.

왜냐, 불 원소사가 그 경지에 도달하면 사용하는 마법의 성격이 비전력을 사용했을 때와 상당히 유사하기 때문이다.

한번 불이 붙으면 대상이 완전히 소멸할 때까지 끝없이 타오르는 효과를 낳는다.

단, 비전력과는 확실히 다른 점이 있다.

내 스승님이 목숨과 맞바꿔 만든 꼭대기처럼 목숨이라는 대가를 지불해야만 사용할 수 있는 마법이기 때문이다.

에타르.

정말 내가 모르는 사이에 많은 발전을 이룬 마법사임은 확실했다.

그리고 임펠의 설명 덕분에 한 가지를 사일러드의 상황을 대략 짐작할 수 있었다.

"내가 그 경지를 잘 아는 건 아니지만…… 그럼 에타르의 마법 때문에 지금 밑의 세계로 못 오는 상황이란 뜻이 되나? 하긴, 저 정도로 하늘을 태울 정도면 강력한 마법일 테지. 그 영향으로 길이 아예 소멸했을 수도 있어. 게다가 사일러드는 아마 길을 만드는 마법 따위는 모를 거야. 본래 그는 소환사이니까."

"그렇게…… 해석할 수 있겠죠?"

에타르가 날 억지로 포털에 넣으면서 했던 말.

다음이란 게 있다면 내가 이길 거라는 그 말.

전부 이것을 계산해 두고 한 일인가?

확실한 것은 에타르는 시간을 벌어다 주기 위해 그 마법을 사용한 것이다.

이제 중요한 건 과연 이 시간이 얼마나 갈까?

적어도 지금 당장 계산할 순 없지만, 조짐은 파악할 수 있다.

바로 하늘에 생긴 불길이 꺼질 때.

그때가 아마 사일러드가 밑의 세계로 올 수 있는 날이라고 생각했다.

"그리고 아르키스 님, 전해 드릴 게 있습니다. 아버지의 유품이거든요."

임펠이 말했다.

"유품? 아깐 그런 거 없다며?"

에버의 장례를 치를 때 에타르의 유품이 없어 모브를 대신했던 것을 말한 것이다.

"아…… 정확히 말하면…… 이게 온전히 아버지의 유품인 것은 아니라서……."

그는 난감한 기색으로 답했다.

"뭔데? 보여 주기나 해 봐."

"아, 그럼 같이 가시죠."

임펠이 나를 안내한 곳은 선술집 지하의 또 다른 구석진 방.

아니, 방이라고 부르기도 민망할 정도로 작은 곳이었다.

방문을 열자마자 벽에 걸린 것을 보고 나서야 임펠이 왜 온전한 에타르의 것이 아니라고 말했는지 알게 되었다.

벽에 내가 전생에 입었던 새하얀 로브가 그대로 걸려 있었기 때문이었다.

"……이건 언제 갖다 놓은 거야."

보자마자 가슴이 뭉클해지는 물건이다.

분명히 나의 것이었지만, 내 손을 떠난 시간이 너무나도 길었고.

그 시간 동안은 에타르가 간직했던 전생의 내 로브.

대마법사 시절에 난 저절 입고 꼭대기를 지켰던 과거가 절로 회상되었다.

"분교를 폐쇄할 때 이것만큼은 챙기셔서 여기에 보관하셨죠. 따로 보관할 곳이 없다 보니까요."

"……."

그 마음을 왜 모를까.

분교 폐쇄 당시면 아직 타일런트와의 싸움이 본격적으로 시작된 것도 아니니, 에드 가문 본가에 보관할 수도 없는 노릇.

그렇다고 본교로 가지고 가서 내게 전할 수 있는 상황도 아니니 가장 안전한 선술집에 보관해 둔 것으로 보였다.

"에타르……."

난 로브를 어루만지며 그를 다시 그리워했다.

늘 옆에 있었으나 이젠 없는 사람.

그 불쾌하고도 슬픈 기분이 다시금 엄습하는 중이다.

겨우 뿌리치듯, 로브에서 시선을 떼고 임펠을 쳐다봤다.

"이걸 지금 전하는 이유는?"

"상징적인 의미죠. 의도한 건 아니지만 시기적으로도 지금이 이 로브를 비로소 입을 수 있는 때라고 생각합니다."

"시기적이란 게 무슨 뜻이지?"

"조각사는 본래 있던 지도자를 잃었습니다. 하지만 새로운 지도자가 생겼죠. 타일런트의 시대는 끝났습니다. 남은 이는 사일러드. 하지만 그가 대마법사는 아니잖아요. 대마법사는……."

임펠은 잠시 말을 끊고, 로브와 나를 번갈아 보며 쳐다봤다.

"저희 앞에 있는 아르키스 님이죠. 과거로 돌아간 것처럼, 저희는 사일러드와 싸울 때 아르키스 님이 다시 대마법사는 되어 주셔야 한다는 생각을 가진 것뿐입니다."

이미 타일런트라는 검은 보름달은 졌다.

그렇다고 과거처럼 새하얀 보름달이 떴는가?

그건 아니다.

난 적어도 사일러드라는 변수가 없어져야 비로소 새로운 보름달이 뜰 수 있다고 믿는다.

보름달이 하늘의 주인이라면.

현재 하늘은 주인이 아무도 없는 상태다.

그런 변수인 사일러드를 말끔히 제거하고, 온전한 새하얀 보름달로 거듭나길 바라는 임펠의 소망이기도 했다.

"듣고 보니 네 말 맞네. 지금은 너희들만의 대마법사지만……."

그리고 난 벽에 걸린 로브를 집고, 완전히 입으면서 답했다.

"너희와 함께라면 이 세상의 대마법사가 될 수 있을 것 같아."

사일러드와 처음 싸운 과거와는 상황이 많이 다르다.

사일러드가 비교도 되지 않을 정도로 강해졌단 부정적인 요인이 있다.

하지만 세상은 늘 명(明)과 암(暗)의 이치를 따르지 않던가?

밝은 게 있다면, 어두운 게 있다.

그 반대로 어두운 게 있으면 밝은 게 있단 뜻이다.

어느 한쪽에만 치우친 상황이 나오는 것이 아니다.

사일러드가 강해진 부정적인 요인이 암이라면.

내겐 명, 다시 말해 행동을 함께할 수 있는 아군이 다수 있다는 것.

지금 여기 선술집에 모인 1기와 2기 조각사들.

나아가 검사들까지.

아군의 몸집은 과거와 비교할 수 없을 정도로 부풀었다.

보름달 전투가 있던 약 450년 전에는 아군이라고 해 봤자 나와 스승님, 여덟 명의 검사가 전부였으니까.

그때랑 비교하면 얼마나 숨통 트이는 상황인가?

난 긍정적인 부분만 보기로 했다.

그래야 제대로 된 싸움을 준비할 수 있다는 믿음으로.

내가 로브를 다 입자, 임펠을 시작으로 에드 가문의 마법사 전체가 한쪽 무릎을 꿇고 앉았다.

나에게 보내는 존경, 복종의 의미다.

"그런데 조금 불편하네. 이 로브."

아무래도 전생에 입던 것인 데다가 지금은 체구가 작은 몸이었기 때문이었을까.

로브가 상당히 헐렁해 소매는 바닥에 끌리는 정도가 아니라 덮었다고 보일 정도다.

싹둑!

플레우드 마법으로 흘러내리는 부분을 완전히 잘라 내며 로브를 내 몸에 맞춰 갔다.

그리고 이제 나는 완벽한 하얀색으로 거듭난 순간이다.

"잠시 검사의 거리 좀 갔다 오마. 가렌트와의 약속이 있으니까."

"네, 알겠습니다."

꼭대기에 홀로 남은 사일러드는 여전히 밑의 세계로 가기 위한 노력을 멈추지 않았다.

얼굴 반쪽을 채운 에타르의 불꽃으로부터 오는 고통도 이제는 익숙해져 견딜 수 있는 수준으로 변했기에 마법에 집중할 수 있었다.

사일러드가 선택한 방법은 무식하게 온갖 마법으로 길을 뚫기.

사용할 수 있는 마법 전부를 동원해 오직 순수하게 힘만으로 길을 뚫어 보려는 시도였다.

하지만 포털은 생성되지 않았고, 거의 마법은 꼭대기에서 방황한 듯 떠다니기만 하던 중이었다.

"잠깐, 조각들을 밑의 세계로 보낼 때의 원리를 이용해 보면…… 되지 않나."

그래도 그에겐 경험이란 게 있지 않던가?

포털을 열 수는 없다고 해도 힘을 힘의 세계로 흘려보내는 일 정도는 가능했다.

그 원리로 다시 시도했지만 결과는 변하지 않았다.

포털이 열리지 않았던 것이다.

하지만 사일러드는 웃었다.

"크큭, 아니지. 이게 가능하다면…… 내가 밑으로 갈 이유가 없어지잖아? 오게 만들면 되지."

그래도 정답은 얻은 기분이 들었다.

포털은 열리지 않았지만, 마력을 밑의 세계로 흘려보내는 건 가능하다.

이것을 이용해 아르키스 에이머를 꼭대기로 불러올 계획을 짰다.

'아르키스 에이머는 반드시 나를 잡기 위해 올 테지. 그럼 이곳, 꼭대기로 와야 하는 데다가 포털을 이용해 올 수밖에 없다. 그때 포털을 장악한다.'

그것이 사일러드가 세운 계획이었다.

사일러드는 땅에 손을 짚고 집중했다.

마력을 밑의 세계로 흘려보내는 중이다.

검사의 거리에 도착했다.

가렌트가 반갑게 마중을 미리 나왔다.

"생각보다 오래 걸렸네?"

그래도 기다리는 동안 초조한 감정은 들었는지 은근히 내게 그 기색을 비쳤다.

"일이 일이다 보니 그렇게 됐어."

"옷이…… 바뀌었네?"

그는 새하얀 내 로브를 신기하게 쳐다봤다.

"내가 전생에 입던 거야."

"옷이 바뀌었을 뿐인데도 확실히 사람이 달라진 것 같군."

"이런 대화 하려고 만난 거 아니잖아? 어디야? 너희 웨이포인트."

가렌트도 급한 상황이다.

그와 나눈 약속을 먼저 처리하기 위해 내가 주제를 바꿨다.

"아, 따라와."

가렌트가 안내했고, 난 그의 뒤를 따라갔다.

그렇게 도착한 곳은 검사 의회라 불리는 장소였다.

"의회라……. 뭐 하는 곳인데?"

검사의 거리를 이렇게 활보하는 건 처음이었다.

다시 말해 검사들의 시설물을 처음 보게 되는 것이니 내겐 모든 게 신기하면서 낯설었다.

"그냥…… 설명하면 길어. 자, 이거. 이게 우리 웨이포인트야."

가렌트는 의회 벽 앞에 섰다.

그곳엔 본교에서나 보던 제단이 있었다.

"흐음……."

어디까지나 생김새가 제단과 똑같을 뿐, 구성하고 있는 요소들은 상당히 달랐다.

바로 제단 중앙엔 대검집이 바닥에 단단히 고정되어 있었지만, 정작 안을 채워야 할 대검은 바닥에 고이 모셔져 있다는 것이었다.

"이게…… 웨이포인트라고?"

마법사들의 웨이포인트와는 정말 뭔가가 많이 다른 느낌이었다.

"마법사들은 어떻게 이용하는지 모르지만…… 우리는 이렇게 이용해."

가렌트는 답하며 바닥에 있던 대검을 한 손으로 번쩍 집어 들더니 그대로 대검집에 대검을 꽂았다.

스응–!

그러자 제단이 반응했다.

대검집 바로 뒤에 포털 하나가 생성된 것이다.

"호오, 신기하네. 이렇게 물리적인 변화로 반응하는 웨이포인트라……."

"너도 알다시피 원래 검사 사회가 있는 위의 세계도 고대의 마법사가 만든 곳이잖아. 우리 검사들이 알기에도 우리가 사용하는 웨이포인트는 고대의 마법사가 개조해 준 거라고 들었어."

"개조?"

"응, 이렇게 검을 꽂으면 포털이 열리도록."

하긴 마법사들은 마법을 사용할 수 있으니 웨이포인트만 있다면 원할 때 언제든 마력을 움직여 포털을 열 수 있었다.

하지만 검사들은 마법을 쓸 수 없으니 이런 물리적인 방법으로 웨이포인트를 여는 게 당연할 것이다.

마법사의 눈으로 볼 때에는 그저 거추장스럽고 불편한 과정이지만, 적어도 나에게는 신비롭게 다가왔다.

웨이포인트의 형태를 이렇게 이용자 상황에 맞춰서 바꿀

수 있다는 것이.

"그런데 이 포털이 문제야."

가렌트는 열린 포털을 가리키며 답했다.

포털은 검은색이었다.

그리고 불쾌한 기운이 느껴졌다.

"이거, 타일런트의 기운과 쏙 빼닮았군."

나도 마법사이기에 알 수 있었다.

그리고 왜 이런 현상이 나오는 것인지도 짐작됐다.

검사 사회로 넘어간 셔먼.

그가 무언가 수작을 부려 놨으니 포털에서 이런 기운이 느껴지는 것 아니겠는가?

그리고 가렌트는 분명 포털이 막혔다고 말했었다.

그렇다는 뜻은 예전엔 이렇지 않았다는 뜻이 된다.

아니나 다를까.

가렌트가 바로 설명했다.

"이 포털은 원래 하얀색이었어. 그런데 갑자기 이렇게 검은색으로 바뀌었고…… 들어가려고 하면…….."

몸소 시범을 보이듯, 가렌트가 포털 속으로 발을 밀어 넣었을 때.

파앙-!

포털이 그를 튕겨 내 벽 반대편으로 멀리 날려 버렸다.

쿵-!

"끄응, 이렇게 돼."

"……."

역시 몸이 튼튼한 검사들인 걸까.

상당히 멀리 날아가 떨어졌는데도, 가렌트는 가벼운 신음만 흘리고 몸을 털며 일어났다.

그리고 곧장 내 옆으로 다시 다가와 물었다.

"이거, 마법이 막고 있는 거 맞지?"

"응, 내가 보기에는 그래. 그리고…… 어둠 원소 마법이네."

"……어둠 원소? 사일러드 때문인가?"

"그건 아닐 거야."

밑의 세계로 가는 포털도 열지 못하는 그가 검사 사회의 포털에 영향력을 어떻게 끼칠까.

이건 무조건 셔먼 때문이라고 확신할 수 있었다.

"뚫어 줄 수 있어?"

"어렵진 않을 것 같아."

그렇게 내가 포털 앞으로 다가가 손만 살짝 밀어 넣었을 때.

파앙-!

가렌트를 밀쳐 냈던 것처럼, 포털 속에서 무언가가 터져 나왔다.

'파동 마법이군.'

하지만 난 밀리지 않았다.

가렌트가 이미 시범을 보여서 어떤 유형의 마법인지 짐작하고 있었던 데다가 그것을 확실히 확인하기 위해 손가락만 살짝 댔을 뿐이니까.

파동 마법이라면 해제하기 쉽다.

본교의 게이트웨이처럼 본래 있던 길을 없애고 새로운 곳으로 연결한 게 아니다.

그저 본래 있는 길에 들어오지 못하도록 밖으로 밀쳐 내는 것뿐이었다.

따라서 파동 마법만 무력화시킨다면, 웨이포인트는 다시 정상적으로 이용할 수 있으리라.

"가렌트, 너에게 미리 말해야 할 게 있어. 마음의 준비 좀 해야 할 거야."

길을 뚫기 전, 그에게 남긴 의미심장한 말.

가렌트는 덩달아 표정이 조금 굳어졌다.

무슨 말이 나올지 모르는 불안감 때문이었다.

"……마음의 준비라니?"

분명히 가렌트는 검사 사회의 꼭대기에 있는 후임 대검사가 걱정된다고 했었다.

네가 걱정하고 있는 그 후임…….

내 제자였던 에타르처럼 이제 이 세상에 없을 거란 잔인한 말을 전하려고 한 그때였다.

벌컥-!

검사 의회의 대문이 제멋대로 열리더니.

쩔그럭-!

쩔그럭-!

시끄러운 쇳소리들이 내부를 가득 메웠다.

"가렌트 님! 큰일 났습니다!"

그리고 다급한 검사들의 목소리가 마지막을 장식했다.

그들의 표정은 파랗게 질린 상태였다.

덩달아 나도 불안해졌다.

# 재앙의 하늘

"밖을 좀 보셔야 할 것 같습니다! 하늘에서……!"

'하늘에서'라는 말에 내 몸은 자동적으로 반응했다.

검사들의 표정이 다급하게 변한 것은 하늘에 무언가 이상한 현상이 일어났단 것이고.

그것은 나아가 현재 위의 세계에 있는 사일러드가 뭔가를 했다는 뜻이니까.

가렌트보다도 내가 먼저 달려 나가 하늘을 확인해 보니.

"저게, 다…… 뭐야?"

뒤따라온 가렌트는 아연실색한 반응을 보였고.

"……."

나는 입을 다물었다.

하늘엔 거대한 박쥐의 날개를 가진 라이칸 무리가 불길이 붙은 검은 반점을 비집고 나오는 중이었다.

재앙 그 자체로 여겨질 정도로 해괴한 모습이었다.

'라이칸에게 날개까지……!'

저런 짓이 가능할 정도로 사일러드의 마력이 강해진 것이리라.

보름달 전투에서 사일러드는 저런 모습의 라이칸을 소환한 적이 없다.

그런데 지금은 저런 모습이란 건 이유가 딱 하나밖에 없지 않은가?

그땐 할 수 없었지만 지금은 가능한 것.

왜?

보름달 전투 땐 사일러드에게 비전력도 없었고 어둠을 제외한 다른 원소도 없었다.

그러나 지금 그에게는 그 모든 것들이 있는 상황이다.

하늘에 나타난 날개 달린 라이칸 무리는 이내 하늘 전체를 뒤덮었다.

분명히 해가 떠 있는데, 몸체가 큰 라이칸들이 하늘을 덮는 바람에 이곳 밑의 세계엔 절대로 거둬지지 않을 짙은 그늘이 생겼다.

라이칸 무리는 어느덧 마을과 가까운 곳까지 내려오더니 고개를 좌우로 움직였다.

무언가를 찾는 중인 듯했다.

그러다 나와 눈이 마주친 그때.

화르륵-!

휘이잉-!

쿠구구구궁-!

라이칸의 날개가 원소 마법처럼 고유의 색으로 변하며 각자 다른 색으로 변하기 시작했다.

불타는 날개를 가진 라이칸은 불길을 내가 있는 마을로 보냈고.

나머지는 바람과 어둠 원소다.

'신물이 직접 원소 마법까지 다룰 수 있는 수준이다.'

이미 꼭대기에서 사일러드와 싸우면서 겪은 현상이다.

당황하지 않고, 마을 전체를 덮는 플레우드 방어막을 펼쳤다.

그러나.

"으극……!"

라이칸 무리의 마법을 막는 순간, 머리가 핑 돌았다.

이 현상이 뜻하는 것은 단 하나.

라이칸 스스로가 만든 마법이 그 정도로 강력해서 나에게 타격을 준다는 뜻이었다.

'단순한 방어막 마법으로는 안 된다.'

결국 할 수 없이 플레우드 보주화까지 펼쳤다.

'몸은 아직 만신창이지만…… 비전력만 안 쓰면 되겠지.'

사일러드에게 입은 부상이 다 낫기도 전이었지만 달리 방도가 없다.

도망칠 곳도 없다.

설령 있다고 해도 전부 하늘 아래다.

라이칸들은 지금 노골적으로 나를 노리며 움직이고 있었다.

그러나 변수는 또 일어나고야 말았다.

"그그극……!"

플레우드 보주화까지 펼쳤는데도, 여전히 머리가 계속 핑 도는 것이다.

그로 인해 나는 어금니까지 꽉 물게 되었다.

'설마 저 라이칸들…… 비전력으로 소환한 거냐……!'

플레우드 보주화를 펼쳤는데도 라이칸은 아무런 제약 없이 원소 마법을 다룬다.

비전력으로 소환된 라이칸이기에 가능한 것이 분명하다.

이렇게 되면 내 마법으로 라이칸을 저지할 수 없다.

'이거…… 예전에도 느낀 적이 있잖아.'

바로 450년 전, 보름달 전투에서다.

가뜩이나 신물에 원소 마법이 더해지면 내가 가하는 플레우드의 위력이 크게 감소한다.

비전력으로 만들어진 라이칸은 그때보다 더 심각한 상태

다.

마법에 면역이 된 게 아닐까 싶을 정도로 플레우드 마법에
도 내성을 가진 모습이었다.

그걸 타파할 수 있는 단 한 가지 방법.

실제로도 450년 전 보름달 전투에서도 플레우드 마법이
통하지 않아 행했던 단 하나의 방법이 있다.

바로 물리적인 타격.

직접 라이칸의 몸을 무언가로 때려, 하나하나 차근차근 없
애는 방법밖에 없었다.

"……가렌트."

난 그를 나지막이 불렀다.

라이칸의 마법을 막는 중이기에 여전히 머리가 계속 핑 돌
아 정신을 제대로 잡기도 힘든 상태였다.

누군가 다량의 술을 강제로 먹인 뒤에 머리채를 잡고 뒤흔
드는 것 같은 어지러움이었다.

"왜 그래?"

"나 좀…… 도와줘야겠다, 너희 검사들이."

"……뭘 어떻게?"

"저것들을 나 대신 처리해 줘. 내가 도와줄게."

"……우리가 대신 처리하다니, 마법사인 네가 지금 손도
못 쓰는 저 괴물들을 우리가 무슨 수로?"

가렌트는 절망적인 목소리로 답했다.

그렇지 않아도 마법사보다 한참이나 약한 검사라는 말이
있는데.

그런 자신들이 어떻게 대마법사인 나를 대신해 저 신물들
을 처리할 수 있겠느냐는 질문이었다.

"보여 줄게. 처리할 방법."

난 띄워 놓은 플레우드 보주화에서 실타래처럼 얇은 줄기
들을 뽑아냈다.

그리고 현재 내 주위에 있는 검사들 전체에게 연결했다.

링킹을 사용하기 위함이다.

"가렌트, 보여 주기 전에 묻는다. 여기 있는 검사들, 전부
친위대지?"

"……그게 지금 상황에서 뭐가 중요한데?"

"묻는 말에 답이나 해."

"……맞아."

"그럼 한번 보여 주면 바로 따라 할 수 있겠지."

친위대. 그렇다면 검사들 중에서도 정예란 뜻이다.

조금은 안심이 되었다.

"그게 무슨 소리야……?"

가렌트는 여전히 당황한 채로 질문만 던질 뿐이었다.

"눈과 머리에 똑똑히 새겨. 이게 450년 전에 네 조부와 나,
스승님이 함께 손을 잡고 사일러드와 싸운 방식이니까."

그리고 링킹을 통해 내 기억을 보여 줬다.

450년 전의 보름달 전투.

그때 검사들과 나, 스승님이 어떻게 그를 대항했는지의 기억을.

"......."

링킹이 시작됨과 동시에 검사들의 눈동자엔 초점이 사라졌다.

마법사와 달리 마력이란 게 없으니 잠시 의식이 사라지는 부작용을 낳은 모양이다.

'그래도 제대로 보이는 중인가 보군. 그대로 재현해 주기만 하면 돼. 그동안은 내가 어떻게든 버틸게.'

이제 내게 남은 건 이들에게 내 기억을 전수하는 과정이 끝나는 동안만 내가 라이칸의 공격을 전부 방어하고 쓰러지지 않도록 버티는 거다.

가렌트는 눈앞에 펼쳐진 상황에 집중하게 됐다.

그는 분명히 검사의 거리에 있었는데, 어느 순간 검은 하늘 아래에 깔린 황무지로 변해 있었다.

가렌트는 그것만 보고도 본능적으로 알았다.

'아, 이곳은…… 꼭대기구나.'

보름달 전투가 일어났던 그곳.

사일러드를 가둔 철문과 봉인석도 생겨나기 전의 꼭대기의 모습이었다.

그리고 그 속에서 기억 속에 묻힌 반가운 얼굴이 보였다.

'……조부님, 아버지.'

당시 대검사였던 조부 오리안트 아란과 제자 신분이자 자신의 아버지 오리안트 플랭크였다.

가렌트에게 조부님이나 아버지에 대한 풋풋하거나 화목한 기억은 없다.

그도 그럴 것이 가렌트가 어렸을 때 두 사람은 이 전투에 참여했고…… 그 뒤로 두 사람의 귀가는 없었으니까.

그럼에도 기억 속에 묻힌 반가운 얼굴인 이유는 가문에 있는 초상화 때문이었다.

가렌트는 현재 에이머의 시점으로 두 사람을 보는 중이다.


─이대론 안 되겠군. 검사들에게 부탁합니다. 나와 에이머가 지원할 테니 우릴 믿고 저 신물들과 싸울 수 있겠습니까? 길만 뚫어 주면 됩니다.


그때 상당히 늙은 목소리가 들려왔다.

목소리가 나옴과 동시에 가렌트의 시선도 돌아갔다.

이는 가렌트가 그곳을 보고 싶어서 보는 게 아닌, 에이머의 기억이기 때문에 당시 에이머의 시선을 그대로 공유한 것이다.

따라서 에이머가 뒤를 돌아본 것이다.

그곳엔 흰색의 덥수룩하고 짙은 턱수염이 가슴까지 내려왔으며, 허리까지 오는 백발의 곱슬머리를 한 할아버지가 있었다.

"스승님."

시선이 돌아가자마자 나온 에이머의 목소리.

'이 사람이…… 에이머의 스승님이구나.'

그 덕분에 이 사람이 알라이즈 페트라인 것을 알았다.

페트라는 당장 내일 자연사해도 이상하지 않을 정도로 얼굴 가득 짙은 주름이 진 노인이었다.

검사들보다도 분명 몇 배는 나이가 많은 사람이란 뜻이다.

그런데도 그는 검사들에게 예의를 꼭 지켰다.

─뭘 어떻게 지원한다는 겁니까?

아란이 물었다.

그의 목소리는 어딘가 퉁명스러웠다.

이유는 지원의 의미를 제대로 몰랐기 때문이다.

─믿고 맡겨 주시면 됩니다. 에이머, 너는 무슨 말인지 알겠지?

페트라는 에이머를 마치 노려보듯 쳐다봤다.

그러자 가렌트의 시야가 위아래로 흔들렸다.

에이머가 고개를 끄덕인 것이었다.

"물론입니다, 스승님."

"좋다. 자, 검사님들, 말로 설명할 시간은 없습니다. 주위
엔 우리의 살점 그리고 목숨까지 노리는 역한 신물이 깔려
있으니까요."

실제로도 그들은 라이칸에 완전히 포위되었다고 봐도 될
정도다.

그나마 다행인 것인, 방금 전까지 밑의 세계 하늘을 덮고
있던 라이칸처럼 날개는 없단 뜻이다.

"라이칸은 사일러드의 주력 신물입니다. 이것만 뚫으면
어떻게든 될 겁니다. 그럼 돌진하시면 그 발에 맞춰 저희가
지원하지요."

페트라의 말이었다.

아란과 플랭크는 시선만 잠시 주고받다가 이내 고개를 끄
덕였다.

어차피 목숨 건 싸움.

이런 상황에서 서로 불신하는 건 의미 없다는 뜻이었다.

"그래요, 믿어 봅니다."

가렌트의 조부 아란이 답했다.

그리고 그가 선두에 서서 대검을 번쩍 들었다.

"가자, 검사들이여."

등 뒤는 에이머와 페트라에게 맡긴 검사들은 검을 든 채로 라이칸 무리로 뛰어들었다.

정말 두려움 따위는 전혀 느껴지지 않는 움직임이었다.

'나라면…… 망설였을 것 같은데…….'

가렌트는 그들의 행동을 통해 한 가지를 확실히 느꼈다.

자신이 저런 상황이었다면 분명히 발걸음을 주춤했을 것 이라고.

오리안트 아란과 오리안트 가렌트.

서로 살았던 시대는 다르지만, 둘 다 대검사 직책을 맡고 있다.

그러나 과거의 대검사인 아란에게 배울 점이 많다는 것을, 후대의 가란트는 확실히 느꼈다.

'대단하셨군요, 조부님께서는.'

그의 아버지 플랭크는 전적으로 아란을 믿었는지, 아란의 옆에 바짝 붙어 사일러드의 신물을 향해 똑같이 맹렬한 돌진 을 행하던 그때.

여덟 명의 검사의 몸이 하늘로 치솟았다.

"……뭐지?"

아란이 당황하자.

"저희의 지원입니다. 몸을 맡기세요."

페트라가 답했다.

이것이 '지원'의 뜻이었다.

그렇게 아란을 포함한 여덟 명의 검사는 하늘을 날기 시작했다.

사일러드가 소환해 놓은 수많은 라이칸들은 키가 15m가 훌쩍 넘는다.

그런 라이칸의 머리나 심장을 벨 수 있도록 비행 마법으로 높이를 맞춰 준 것이다.

'에이머가 이걸 보여 준 이유가…….'

사일러드의 신물에 대응할 방법이란 것이다.

그리고 하늘에 뜬 검사들을 향해 라이칸 무리가 거대한 발톱으로 공격을 행하면.

찌이잉-!

시력을 앗아 갈 듯한 빛이 그들의 몸체에서 나며 라이칸의 공격을 방어해 줬다.

그 틈에 검사들은 라이칸의 목을 베었다.

그 순간 에이머의 링킹은 끝이 났다.

"잘 봤지? 그대로 재현하면 돼."

링킹으로 보름달 전투의 상황을 보여 준 나는 가렌트에게 물었다.

"……."

아직 경황이 없는지 그의 입은 벌어지지 않았다.

하지만 기다릴 여유 따윈 없었다.

"가렌트! 정신 차려!"

내가 따끔하게 소리치자 그제야 그는 약간의 발작을 하며 정신을 다잡았다.

"아, 응!"

"너도 같은 핏줄이고, 대검사였잖아. 충분히 할 수 있을 거라 믿는다. 그리고 네 부하들, 친위대원이라며? 정예 중 정예일 거 아니야? 난 너희를 믿어."

"믿는다라……."

가렌트는 무언가 감명이라도 받은 표정이었다.

"그래, 네 기억에서도 숱하게 들린 그 단어, 믿음이 있어야 같이 싸울 수 있지. 그러니 우린 이제 믿음이 없으면 아무 것도 할 수 없는 사이 아니겠어?"

가렌트는 검을 들었다.

"친위대, 전부 무기 들어."

그를 따라서 친위대원들도 재빠른 동작으로 검을 빼 들었다.

"부탁한다, 에이머. 실수하지 말라고."

"내 마지막 실수는 300년 전뿐이야. 앞으로는 없을 거란 뜻이지."

난 이제 검사들의 몸체에 플레우드 마법을 입혔다.

"세상에, 저게 다 뭡니까……?"
선술집에 있던 레지는 창밖을 보다가 그대로 굳었다.
하늘을 뒤덮은 날개 달린 라이칸 무리.
그 라이칸 무리의 날개에선 불, 바람, 어둠의 원소 마법이
나오는 중이었는데 검을 든 검사들이 하늘을 날며 라이칸 무
리와 싸우고 있었다.
레지의 심각한 목소리에 조각사원들 창문으로 모이기 시
작했다.
그들의 반응은 전부 똑같았다.
"재앙…… 그 자체군."
저것이 사일러드의 신물.
신물이란 건 그저 정식 명칭일 뿐이다.
지금 라이칸의 모습을 보면 몬스터라 불려야 하는 게 더
옳았다.
특히 임펠은 유독 심각했다.
대마법사 친위대 생활을 했기에 본교에서 나오는 사일
러드의 몬스터 상태를 잘 알고 있는 사람 중 하나였기 때
문이다.

본래 본교에서 나타났던 몬스터들은 흉측하기만 했지만.

지금 밑의 세계 하늘을 덮은 라이칸들은 그야말로 우람한 외형이었다.

살점이 흐물흐물 녹아내렸던 기존 라이칸과 달리 단단한 근육을 이루었으며, 발톱도 더 이상 앙상하지 않았다.

어느 장인이 심혈을 들여 조각한 것처럼, 날이 바짝 선 모습이다.

'사일러드의 힘이 완전히 회복된 상태에서 소환된 신물의 위력이…… 저 정도인가?'

보고 있자면 주눅이 잔뜩 든 모습이다.

그리고 갑자기 일어난 돌발 상황에 이제 어떻게 해야 할지, 행동을 쉽사리 정하지 못하던 그때.

"이런, 젠장……! 다들 뭐 해! 당장 안 튀어 가고!"

바이스가 고함을 내질렀다.

행동이 굼뜬 조각사들을 향한 불호령과 마찬가지였다.

바이스의 눈에는 보이는 것이다.

현재 하늘에서 라이칸들과 싸우는 검사들의 몸에 플레우드 마법이 입혀져 있다는 것을.

이 세상에 현존하는 플레우드란 에밋 가문의 생존자와 아르키스 에이머밖에 없다.

에이머는 잠시 검사의 거리를 갔다 온다고 했으니 지금 저 안에서 검사들을 돕는 게 누구겠는가?

아르키스 에이머만이 가능한 일이었다.

바이스가 앞장서서 선술집을 뛰쳐나갔다.

그 뒤를 따라 조각사 전체가 그의 뒤를 따랐다.

'이게…… 마법사와 검사의 합공!'

하늘을 활보하며 라이칸을 차례차례 처리하는 가렌트.

검을 휘두르고 있으면서도 머릿속에선 그 생각이 떠나질 않았다.

솔직히 믿기지도 않았다.

분명히 일어나고 있는 현실임에도, 현실성이 너무 없어서 꿈을 꾸는 것만 같았다.

검사가 하늘을 날면서 마법사의 신물과 싸우는 날이 있을지 예상이나 했겠는가?

그런데 지금은 가능하다.

에이머의 기억 속에서 보던 일을 자신의 몸으로 직접 하는 중이니까.

─정신 차려, 이 자식아. 상대는 만만한 놈이 아니라고.

그러던 중, 그의 머릿속에 울려퍼진 에이머의 목소리.

가렌트는 화들짝 놀랐다.

'……뭐, 뭐야?'

−내 마법에 영향을 받고 있으면 이런 것도 가능해. 그러니까 지금 상황에 집중해. 생각 다른 곳에 팔지 말고.

"……."

자신이 잠깐 딴생각을 하고 있단 것을 어떻게 알았을까.

전부 마법으로 인해 가능한 것들이란 뜻이다.

지상에서 검사들을 지원하는 에이머가 존경스러우면서도 두려운 감정이 들었다.

두려움의 이유는 옛 친구라고 생각한 편안한 이미지의 아르키스 에이머가 사실은 이 정도로 대단하단 걸 알았기에 그의 능력을 높이 평가하는 것이었다.

'아르키스 에이머…… 너희 마법사는, 도대체 어떤 싸움을 하며 살았던 거냐?'

마법사들이 달리 보였다.

가렌트는 사실 마법사를 무시하는 마음이 어느 정도는 있었다.

이것은 아무리 아르키스 에이머와 한때 친하게 지냈다고 하더라도, 인간인지라 그런 감정이 든 것이다.

지금처럼 공식적으로 화합을 이룬 상태도 아니었던 데다가 그 당시에는 언제 싸울지 모르는 적이었으니까.

마법사들은 믿을 게 마법밖에 없다고 생각했다.

실제로 마법만 없으면 몸이 약하니 검사의 일격으로 숨통을 맥없이 끊을 수 있었기 때문이다.

머리로 싸우는 마법사와 몸으로 싸우는 검사.

가렌트는 검사이기에 몸으로 싸우는 방식이 더욱 난이도 있다고 여겼다.

준비되지 않은 자는 몸으로 싸울 수 없고, 검사에게 준비란 신체를 탄탄하게 만드는, 오랜 수련의 결실이니까.

그러나 지금 에이머가 하는 것을 보면.

마법사들의 수련 방법은 그저 몸이 힘들지 않을 뿐이지, 검사의 머리였다면 이미 미치고도 남았을 정도란 게 쉽게 이해가 됐다.

'……퀼트 할멈이 마법사였는데도 왜 미쳐 버린 건지 알겠군.'

그제야 이미 떠나간 퀼트도 어떤 연유로 그런 상태가 되었는지 공감할 수 있었다.

─네가 잡생각으로 그렇게 떠들면 내 정신만 사납다. 집중해.

그때 다시 에이머의 목소리가 머릿속에서 울렸다.

그 순간 그의 뇌를 괴롭히는 찌릿한 통증.

깜짝 놀란 가렌트는 검을 떨어트리고 말았다.

─정말 손 많이 가는 놈이군.

그런데 허공에서 지상으로 낙하하던 검이, 시간을 되돌린 듯이 다시 허공을 날아 가렌트의 손에 안착했다.

─너희 검사들이 목숨처럼 여기는 무기 아냐? 대검사였던

놈이 목숨을 함부로 떨어트리다니……!

이런 것까지 가능할 줄은 몰랐다.

가렌트는 황급히 답했다.

'갑자기 머릿속이 찌릿해서 그렇지.'

ㅡ내가 일부러 충격 좀 줬다. 집중하라는 뜻으로.

'……그래. 미안하다.'

가렌트는 이제 절대로 검을 떨어트리지 않도록 힘줄이 끊어질 정도로 검을 꽉 쥐었다.

한창 하늘에 있는 검사들을 지원했을 때였다.

"아르키스 님!"

익숙한 목소리가 등 뒤에서 들렸다.

바이스의 목소리였다.

"저희도 돕겠습니다!"

바이스가 내 앞에 자리하자 그를 중심으로 좌우론 조각사 전체가 쭈르륵 나열되었다.

"전부! 라이칸을 향해 총공격!"

바이스는 같은 플레우드이기에 내가 펼쳐 놓은 마법의 수준을 보고 여유가 없는 상태인 걸 단번에 알아챈 것이다.

그래서 나를 대신하여 조각사를 지휘하는 중이었다.

하지만 지금 바이스의 조치는 오답이다.

"아니야, 바이스. 내 마법도 라이칸에게 통하지 않는데 너희들이라고 통할 리가 없잖아."

"……그럼 어떻게?"

"검사들을 보호해. 라이칸의 공격에 당하지 않도록."

그래도 바이스는 한때 플레우드 가주.

서클이 낮을 뿐이지, 실력 하나는 확실한 녀석이다.

그리고 조각사들.

역시나 단일 원소사일 뿐이지, 역시 실력으로만 놓고 보면 현존하는 마법사들 중에 상위권이다.

절대로 마력이 뒤처지는 마법사들이 아니란 뜻이다.

그런 그들이 나와 같이 하늘에 있는 검사들을 돕는다면 라이칸을 생각 외로 쉽게 정리할 수 있을 거란 확신이 생겼다.

그리고 내 예상은 적중했다.

바이스를 포함한 조각사 전체가 하늘을 활보하며 싸우는 검사들을 보호하기 시작하자, 나도 여유가 조금 생겼다.

다른 무언가에 집중할 수 있는 상태란 뜻이다.

검사들의 상황을 한번 살폈다.

무난하게 라이칸들을 베어 나가며 상황을 정리 중이지만, 역시 라이칸의 수가 너무 많았다.

순전히 무력으로 정리하기엔 벅차 보였다.

'이 정도 여유라면 괜찮을 것 같아.'

오래 싸워서 좋을 게 없다.

어떻게든 단숨에 라이칸을 정리해야 한다.

그도 그럴 것이, 우리가 전투를 펼치는 이곳은 마법사나 검사만 있는 위의 세계가 아닌, 평민이 모여 있는 밑의 세계다.

실제로 이미 전투의 여파로 인해 검사의 거리에 있는 평민들의 집이 부서진 곳도 있었다.

내가 최대한 라이칸의 공격을 막긴 했지만, 혼자서 라이칸 공격 전부를 막고 검사들까지 지원하는 건 역시나 아직은 무리가 있던 것이다.

'그나마 하늘에서 더는 라이칸이 추가되지 않는다는 게 다행이네.'

상황을 살폈을 때 식별한 것이다.

그리고 사일러드의 모습도 보이지 않았다.

이것이 뜻하는 것은 단 하나.

어떻게 된 영문인지는 모르겠으나, 사일러드는 직접 밑의 세계로 올 수가 없다는 것.

그래서 자신이 있는 꼭대기에서 소환한 신물을 밑으로 보냈거나, 그것도 아니라면 마력을 흘려보내 밑의 세계에서 온전한 몸체를 갖도록 한 것이란 뜻이다.

어느 쪽이건 현재 하늘에 있는 라이칸 외에 증원은 없다.

이것만은 확신할 수 있었다.

정말 사일러드의 역량이 100% 발휘되는 중이라면.

지금 라이칸은 죽지 않는 망령처럼 계속해서 생겨나는 게 정상이다.

약 450년 전의 보름달 전투가 그랬으니까.

'라이칸을 없앨 정도는 사용할 수 있겠지.'

하지만 난 전투가 오래 끌리는 것을 원하지 않는다.

마법사들의 싸움으로 인해 평민들이 피해를 보는 건 절대로 내가 원하는 상황이 아니기에 그렇다.

아마 내 스승님을 비롯해 고대의 마법사들이 이러한 광경을 목격한다면 내게 가혹한 형벌을 내리고도 남을 거다.

밑의 세계는 그런 곳이다.

평민이 보호받아야 하는 곳.

그렇기에 위의 세계라는 별도의 세상을 만들고, 서로 대치 중인 검사와 마법사가 밑의 세계에서 마주쳐도 마찰을 일으키지 않는 규율을 맺은 것이다.

하지만 그 규율을 검은색들이 무참히 깨 버렸다.

첫 번째는 검사의 거리와 마법사의 거리를 나누기 위해 일부러 검사들에게 시비를 건 타일런트.

그리고 두 번째는…… 지금 하늘을 덮은 라이칸을 흘려보낸 사일러드.

"하여간 검은색들은 마음에 드는 짓을 하질 않는군. 태생이 그렇게 정해져 있는 건가?"

그런 합리적인 의심도 들었다.

난 뾰죽한 창 모양의 거대한 플레우드 마법을 구현했다.

"……아르키스 님? 뭡니까, 그 마법은?"

같은 플레우드인 바이스가 하늘에 나타난 내 마법을 보고 경악을 금치 못했다.

"너희들이 도와준 덕분에 조금은 사용할 수 있을 것 같아서."

"……조금은 사용할 수 있다뇨? 뭘요?"

그는 여전히 놀란 목소리 그대로다.

"뭐긴 뭐야. 마나로 된 원소 마법도 안 먹히는 라이칸을 잡을 게 뭐가 있겠어?"

"그 몸으로…… 비전력을 사용하실 생각입니까?"

이젠 만류하는 목소리다.

"그렇다고 전투를 오래 끌 수는 없어. 여긴 밑의 세계야, 바이스."

"……."

내가 무슨 생각으로 무리해서 비전력까지 사용하려는 것인지 잘 알기에 입을 다물었다.

창처럼 길게 뻗은 거대한 플레우드 마법.

이제 그 속을 마나에서 비전력으로 서서히 전환했다.

사일러드가 직접 내려오지 않아서 정말 다행이었다.

소환된 라이칸만 전부 정리하면 전투는 일단락이란 뜻이

니까.

물론 이 파상 공세가 끝나고 다른 전투가 곧바로 시작될지, 아니면 약간의 소강상태를 가질 수 있을지.

아무것도 모른다.

일단 내 목표는 현재의 전투를 끝내는 것이다.

'딱 정신이 끊어지려고 할 때까지, 그 정도만.'

그리고 나도 모르는 사이에 한 가지 발전을 이뤘음을 깨달았다.

지난날 비전력을 연습하는 과정에선 자각도 못 하고 정신을 잃는 경우가 많았는데.

적어도 지금은 정신을 잃는 임계점을 스스로 파악하게 되었단 것.

부작용이 꼭 나쁜 것만 있는 건 아니었다.

'역시, 세상은 명과 암이지.'

딱 그렇게 정신이 끊길 것 같은 느낌이 들었다.

시야가 흐릿하며 정신이 아뜩해지는 그 느낌이 다시 찾아온 것이다.

'지금이다.'

미리 플레우드 보주화로 연결해 둔 검사들을 이제 강제로 지상으로 낙하시키며 비전력으로 전환한 창 모양의 플레우드 마법을 하늘로 향해 날렸다.

투두두둑─!

투두둑-!
라이칸의 분해된 징그러운 살점들이 비처럼 내렸다.

# 화합의 땅

"후우……!"

하늘을 뒤덮었던 라이칸 무리가 사라진 것을 보고 난 그대로 땅에 주저앉았다.

연속된 비전력 사용으로 인해 몸에 힘이 전부 빠져 버려 다리의 힘까지 풀린 것이었다.

몸만 무기력한 것도 아니다.

피곤함도 몰려와서 조금은 몽롱한 기분이 들기도 했다.

고개는 푹 숙이며 심호흡만 계속해 댔다.

이렇게라도 하지 않으면, 눈을 깜빡일 때 그대로 잠이 들 것 같은 불안한 기분 때문이었다.

"괜찮냐?"

어느덧 하늘에서 활보하던 검사들도 전투가 끝나며 땅으로 내려왔고, 그중에서 가렌트는 내 앞에 서서 손을 내밀며 물었다.

"별로."

빈말도 나오지 않을 정도로 힘든 상태였다.

그래도 애써 나를 생각해 내민 손이니 그의 손을 잡으며 일어났다.

"……일단은 끝난 건가?"

가렌트가 먼저 하늘을 살피며 말했다.

하늘을 뒤덮은 라이칸 무리는 사라졌지만, 여전히 하늘엔 불타는 검은 반점은 그대로였다.

"그런 것 같은데."

"흐음."

뭔가 복잡한 심경이 느껴지는 그의 한숨이었다.

"뭐냐, 네가 힘 빠지게 그런 한숨을 다 쉬고."

"그냥. 완전히 끝난 게 아니다 보니까 나도 모르게 나왔네."

그의 말이 맞다.

그리고 그것이 내가 현재로서 가장 걱정하는 부분이다.

과연 이 소강상태가 얼마나 갈 것인가.

전투는 일단락되었지만, 말 그대로 일단락일 뿐이다.

"참 난감하군."

답답한 마음에 이번엔 내가 흘려보내듯 내뱉은 말이다.

"뭐가?"

"네 말대로 잠시의 소강상태일 뿐이잖아. 언제가 됐건 다시 저 라이칸 무리가 하늘에서 쏟아질 수 있으니까. 저 라이칸을 소환한 본체가 건재해 있는 한, 계속 여기 있는 사람만 고통받겠지."

"……."

나는 그 말을 부정하지 못하고 그저 말을 아꼈다.

"그런데 당장 내가 저놈들 본체를 상대할 힘은 없고……. 결국, 정답은 본체인 사일러드를 상대하는 순간까지 버티고 버티며 싸워 나가야 한다는 건데…… 그렇게 되면……."

피해 보는 사람만 많아진다.

더군다나 계속 이런 식이라면 그 피해를 보는 사람은 보호받아야 할 평민들이 유력하다.

빨리 끝내야 할 싸움이지만, 현실적인 문제에 직결하여 그럴 수 없는 이 답답함.

약한 스스로가 한심하게 느껴졌다.

"가렌트, 그래도 할 수 있는 건 최대한 해야겠지?"

"당연하지. 근데 뭘 하려고?"

라이칸 무리가 하늘에 나타났을 때의 행동을 떠올렸다.

라이칸 무리는 무차별적으로 밑의 세계를 파괴했던 게 아니다. 나와 눈이 마주친 곳인 이 검사의 거리만 노렸다.

그렇다는 것은 그들의 목적은 오직 나 하나.

즉, 라이칸이 다시 나타나도 나를 찾을 테니 평민들은 나와 멀어질수록 안전해진다는 뜻이 된다.

"평민들을 한쪽으로 몰자. 너도 봐서 알잖아? 라이칸의 목표는 나야."

"확실히……."

가렌트도 검사의 거리를 살폈다.

부서진 집이 몇몇 군데에 존재했고 전투가 끝이 났음에도 평민들은 여전히 겁에 질린 모습들이다.

"평민들을 마법사의 거리로 몰아넣고, 우린 검사의 거리에 있자. 그래야 다음에도 전투가 일어났을 때 우린 조금이라도 전투에 집중할 수 있고, 평민들은 안도하지 않을까?"

"나쁘지 않은 생각이군."

"그럼 좀 부탁할 수 있겠냐. 검사의 거리에 있는 평민들을 이동시키는 일이니까 우리 마법사보단 너희가 더 빠를 것 같아서."

"그래. 쉬고 있어."

"아니, 쉴 시간이 어디 있어. 나도 할 일이 있지."

"또 뭘 하려고……."

가렌트는 걱정스럽게 물었다.

무슨 짐을 그렇게도 많이 짊어지고 있냐는 의도로 물은 것이다.

"네 후배 대검사 때문이지."

"아, 맞아! 너 전투 시작 직전에 나한테 마음의 준비 좀 해야 할 거란 그 말, 무슨 뜻이었냐?"

숨긴다고 숨겨질 일도 아니다.

난 그와 눈을 지그시 맞추며 한마디만 뱉었다.

"뭐겠어. 너도 알잖아. 양쪽 봉인석 전부가 깨져야 사일러드의 봉인이 풀린다는 것."

"……설마!"

"내 생각은 그래."

더는 길게 말하지 않았다.

길게 말해도 가렌트에겐 좋을 게 하나 없다고 생각했으니까.

실제로 가렌트는 지금 꽤 충격을 받은 표정을 짓고 있어 나는 죄스러운 마음이 들었다.

"그럼…… 부탁할게. 난 그 포털부터 뚫을게."

그렇게 난 도망치듯이 그 한마디만 남기고 검사 의회 안으로 들어갔다.

그런데 내 뒤를 따라온 한 사람이 있었으니, 바로 임펠이었다.

"왜 따라왔어?"

"아, 저…… 그게 말입니다. 이번 현상을 보고 제가 의심가는 게 하나가 있어서요."

"무슨 의심?"

"왜 사일러드의 몬스터만 밑의 세계로 나왔는지요. 그에게 독한 취미가 있는 게 아니라면 왜 몬스터만 보냈을까, 하는 생각요."

임펠은 나랑 같은 생각을 하는 중이었다.

"그래서?"

"제가 하나 확인 좀 하고 싶은 게 있어서 그 허락을 맡으러 왔습니다."

"……확인이면 그냥 확인하면 되는 거지, 내 허락까지 필요한 일인가?"

아무리 그들만의 대마법사라곤 하지만, 이런 사소한 것 하나하나 전부 내게 보고하고 허락 맡을 필요는 없단 뜻이었다.

이건 과잉 충성이라고 생각하던 때, 임펠이 고개를 저었다.

"사실 의심되는 부분을 해결하려면 마법사의 거리로 가야 하거든요. 근데 아까 가렌트와 나눈 말씀을 들었는데 평민들을 이제 마법사의 거리로 이주시킨다고 하셔서……."

그런 이유라면 확실히 임펠 입장에선 허락이 필요하다고 판단하기에 충분했다.

"그런데 마법사의 거리에서만 확인할 수 있는 방법이라는 게 뭔데?"

"제가 친위대 부대장 출신인 거 아시잖아요."

"아!"

나도 그가 무엇을 확인하고 싶은 것인지 알았다.

"부대장 시절, 저흰 본교로 가기 위해선 의사당이라 불리는 웨이포인트를 이용했습니다. 만약 사일러드가 이번에 몬스터만 흘린 게 우연이 아니라면, 그 의사당 웨이포인트도 막혀 있지 않을까 싶어서요."

즉 몸이 올 수 없었던 게 의도한 것인지, 아니면 필연적으로 그럴 수밖에 없었는지 확실히 확인하고 싶단 것이었다.

내가 생각하기에도 타당한 의심이었다.

게다가 친위대가 이용했던 웨이포인트라면 타일런트가 만든 것이니 건재한 길이라고 할 수 있다.

그것마저 막혔다면…….

이번 라이칸 무리 사태는 사일러드가 그렇게밖에 할 수 없는 상황에 놓인 것이란 사실을 정확히 알려 주는 방증인 셈이다.

"부탁한다, 임펠."

"네, 감사합니다."

임펠은 내게 고개를 꾸벅 숙이고는 검사 의회에서 나갔다.

"자, 그럼 이제 내가 할 일은 이건가."

난 검사 의회 포털 앞에 섰다.

가렌트가 꽂았던 대검을 뽑지 않아서 포털은 그대로 열린 채다.

그 입구를 막은 검은 기류의 마법.

이것만 뚫으면 검사 사회로 가게 된다.

"긴장되는군."

마법을 뚫지 못할까 봐 겁이 나서가 아니다.

어차피 이렇게 방어막을 친 사람은 드라코 셔먼.

드라코 가문의 유일한 생존자란 뜻이다.

"……참 인생 기구하군. 결국 드라코 가문의 최후가 에밋 가문보다 못한 상황이 되었다니."

플레우드인 에밋 가문을 뿌리 뽑기 위해 에밋 가문을 파괴했던 드라코 타일런트.

그러나 그는 우리가 의도하지 않았음에도 자멸한 꼴이 되었다.

자신의 능력으로는 절대 감당할 수 없는 힘인데도.

정작 본인은 그것을 모르고 감당할 수 있다고 믿다가 덫에 제대로 걸려서 건재했던 대마법사 가문까지 한순간에 증발한 이 상황을 보니, 기가 차지 않을 수 없었다.

"타일런트, 그러게 내가 300년 전에 뭐라고 했냐. 넌 그를 본 적이 없어서 힘을 우습게 본 거야."

내가 죽기 전에 남긴 말이었다.

어쩌면 그에게 남긴 마지막 가르침이자 유언인데.

정작 그는 내 경고를 외면했고, 그 결과가 이거다.

난 이제 포털 안으로 손부터 밀어 넣었다.

역시나 밖으로 밀어 내는 파동 마법이 걸려 있어 나를 밀어 내려 계속 시도했지만.

난 밀리지 않았다.

역으로 플레우드 파동 마법으로 포털 안에서 나오는 파동 마법을 강제로 밀어 내며, 차근차근 포털 안으로 들어갔다.

'셔먼은 비전력 사용자가 아니니까 지금 내 상태로 충분해.'

그렇게 완전히 포털 안으로 진입하는 데 성공했다.

임펠은 곧장 대마법사 친위대의 장소였던 의사당에 도착했다.

그리고 오자마자 포털을 확인했지만…….

"역시, 예상이 맞는 건가."

포털은 열리지 않았다.

포털을 임펠이 직접 여는 시도까지 계속했지만, 묵묵부답이었다.

이것이 뜻하는 것은 단 하나.

멀쩡했던 길이 한순간에 사라졌다는 뜻이었다.

"……아버지, 이것도 전부 계산한 일입니까?"

임펠은 그것이 가장 궁금했다.

과연 의도한 것인지, 아니면 의도하지도 않았는데 길이 사라질 정도로 강력한 마법을 구현한 것인지.

불 원소사만이 도달할 수 있는 그 경지의 마법을, 임펠은 실제로 본 적이 없기에 얼마나 위력적인 마법인지 몰랐기 때문이다.

"그래도 길이 없어진 걸 기뻐해야 하나…… 아니면 난감해야 하나……."

임펠의 심정도 난잡했다.

이렇게 되면 위의 세계엔 사일러드가.

그리고 밑의 세계엔 아르키스 에이머를 포함한 조각사들이.

서로 대치하는 중인데도 서로의 세계에 고립되어 직접 대면하고 싸울 수 없는 상태가 되고야 말았으니까.

"새로운 길을 만드는 방법밖엔 없는데……."

하지만 그렇게 되면 사일러드를 이곳 밑의 세계로 소환하는 꼴이 되니, 참으로 난감한 상황이었다.

검사 사회에 도착했다.

포털을 넘자 내가 도달한 곳은 검사 학교의 강당으로 보이는 곳이었다.

난 반사적으로 천장을 바라봤다.

"……이건 똑같군, 마법 학교랑."

바로 샹들리에의 생김새를 보고 느낀 것이다.

게다가 등의 개수는 한 개.

이것 역시 마법 학교랑 다를 게 없어 보였다.

이곳은 현재 검사 학교 1층 강당이다.

"태초에 이 장소가 생겨났을 때 두 곳을 똑같은 곳으로 만든 느낌이군."

검사들은 마법을 사용할 수 없으니 저런 사소한 것 하나 바꾸려 해도 마음대로 바꿀 수가 없었을 것이다.

그리고 검사 학교의 강당은 내게는 상당히 친숙한 생김새였지만 그러면서 분위기는 또 낯설었다.

벽에 즐비한 각종 갑옷 거치대와 무기 거치대.

가렌트의 집에서 봤던 무구들이 이 강당 전체에 진열되어 있었다.

이 이질감에는 코끝을 파고드는 땀 냄새도 한몫했다.

마법사인 내게는 조금은 불쾌한 냄새로 다가왔다.

아무도 없는데도 이 정도의 짙은 냄새를 풍긴다는 것은…….

얼마나 오랜 시간 동안, 얼마나 많은 사람들이 이곳에서 땀을 흘리며 수련했다는 증거일까.

게다가 1층에서부터 이 냄새가 났으니…….

"그나저나 다음 층은 어떻게 가야 하나."

그렇게 중얼거리며 주변을 둘러보던 중, 마법 학교에는 없는 것이 보였다.

바로 강당에 제법 큰 무대가 있었다.

왜 저런 무대가 있는지는 알 수 없었다.

그런데 무대 위에 있는 검은 포털이 눈에 들어왔다.

저것은 내가 이용한 포털이 아니다.

내가 검사 의회에서 타고 넘어온 포털과는 다른 종류의 포털이었다.

무대 위의 검은 포털을 향해 다가갈 때.

어딘가에서 시큼한 냄새가 코를 찔렀다.

이건 이곳에 도착하자마자 났던 땀 냄새와는 명백히 다르다.

같은 시큼한 냄새지만, 적어도 지금 느껴지는 이 냄새는 내게 꽤 친숙한 냄새였기 때문이다.

'……피 냄새인데, 이건.'

왜 1층에서 피 냄새가 스멀스멀 올라오는 것일까.

시선을 돌리다가 무언가를 발견했다.

"…….."

강당 출입문 하단 부분.

그 작은 틈새에서 피가 새어 나오는 것이었다.

피가 이렇게 문틈에서 새어 나온다는 것은.

피를 흘린 지 얼마 안 됐다는 뜻.

셔먼이 마법 학교의 꼭대기에서 사라진 시점은 이미 꽤 지났다.

'그렇다면…….'

순간 오싹한 생각이 들어서 강당의 문을 벌컥 열었다.

그곳에는.

"이게…… 어떻게 된 일이야."

전혀 예상치도 못했던 일이 눈앞에 펼쳐져 있었다.

⁂

가렌트는 차근차근 질서를 지키며 검사의 거리에 있던 평민들을 전부 마법사의 거리로 이주시키기 시작했다.

현재 밑의 세계에 있는 검사라고 하면 검사 의회장인 가렌트와 대검사 친위대가 전부다.

그런데 친위대의 숫자가 절반으로 줄었기 때문에 조금 힘에 부치는 작업이었다.

그래도 계획은 문제없이 잘 진행되었는데 그 이유가 마법사들도 직접 나서서 거들어 주었기 때문이다.

검사와 마법사가 함께 무언가를 한다는 것에 평민들은 충분히 이질감을 느낄 수 있는 상황인데도, 질서를 잘 지키며 차근차근 이주가 진행 중이다.

아마 방금 전 일어난 전투 상황 때문일 것이다.

평민들의 눈에 보기에도 마법사와 검사가 함께 힘을 합쳐 싸웠으니 눈치가 있다면 바로 알 것이다.

'아, 저 두 세력이 이제 단절된 게 아니구나. 이유는 모르겠으나 함께하기로 한 것이구나.'라고.

그래서 이주 작업은 어렵지 않았다.

하지만 현실적인 문제가 남았으니.

바로 마법사의 거리로 넘어간 평민들이 지낼 곳이었다.

"그거라면 걱정 마세요. 저희들 가문의 주택을 싹 다 비우면 되는 거니까."

갈색의 마법사가 가렌트에게 말했다.

"……누구시죠?"

"대지 원소 대표 가문의 가주 라무스 트레샤입니다."

"……그래도 됩니까? 당신들 마법사는 어디에서 지내고?"

"뭐, 검사의 거리에 있는 빈집 아무 곳에서나 지내면 되는 거 아닙니까?"

참으로 간단한 사고방식이었다.

그런데 그런 모습이 가렌트는 존경스럽게 다가오기까지 했다.

제 가문의 건물을 선뜻 내주고, 허름한 평민들의 집에서 지내겠다니.

그간 가렌트는 마법사들을 치장에만 상당히 신경 쓰는 권위적인 부류라고만 생각했다.

물론 이것은 드라코 타일런트가 마법 사회를 장악한 뒤에 생긴 마법사들의 이미지다.

실제로 마법 사회의 가문들은 겉만 휘황찬란하게 장식한 느낌이 강하게 들었으니까.

하지만 지금 가렌트의 앞에 있는 트레샤라는 마법사는 그런 모습이 하나도 느껴지지 않으니 제법 신기했다.

"그렇게까지 해 주시고……. 제가 다 감사하네요."

"감사는 무슨. 어차피 아르키스 님의 옛 친구분이 아닙니까? 그 정도는 어려운 일도 아니에요."

트레샤는 작은 손사래를 치며 답했다.

'에이머가 한 말 중…… 마법사 중엔 그래도 명예를 중요시하는 마법사가 있다는 말, 이 마법사를 두고 한 말인가?'

그런 궁금증도 문득 들었다.

"가만히 있을 시간 없지 않나요? 일단 평민들부터 전부 이주시켜야 할 것 같은데."

에이머가 해 주었던 말을 생각하다가 잠시 행동이 굼떠진 가렌트를 향해 건넨 한마디.

가렌트도 이제 잡생각을 지우며 하던 작업을 계속 이어 가던 중이었다.

저 멀리서 우람한 근육을 가진 사내 무리가 가렌트를 향해 다가왔다.

트레샤에겐 그저 낯선 이들에 불과하지만, 적어도 가렌트에겐 낯이 익은 인물들이다.

바로 검사직을 스스로 내려놓은 검사들.

그들은 가렌트 앞에 서더니 우물쭈물한 표정으로 가렌트의 눈치만 보기 시작했다.

검사직을 내려놓은 이들이 왜 갑자기 나타나서 이런 태도를 취하는 걸까.

가렌트도 알 수 없었다.

"뭐지?"

"……저, 그게 말입니다, 가렌트 님."

"용건만 말해, 바쁘니까."

"검사직 내려놓은 것……. 번복해도 되겠습니까?"

어렵게 물은 한 검사.

트레샤는 상황을 보더니 '아무래도 검사 쪽만의 무언가가 있는 것 같군. 정리하고 천천히 오십시오.'라고 말하며 자리를 비켜 주었다.

이곳에 이제 남은 이들은 가렌트와 탈퇴한 검사들뿐이었다.

가렌트는 뚱한 표정으로 팔짱을 끼며 되물었다.

"갑자기 왜? 너희들이 스스로 검과 갑옷을 내려놓은 지 얼마나 지났다고."

하루는 고사하고 반나절도 채 지나지 않은 시점이다.

그 짧은 시간 사이에 무엇이 이들의 마음을 변하게 했는지, 그것이 알고 싶었다.

"싸우시는 것…… 다 봤습니다. 마법사들의 힘을 받아 마법을 사용하는 괴물들을 처리하시는 모습을요."

"그래서?"

"그걸 보고 느꼈습니다. 저희가 오해를 하고 있었단 걸요. 가렌트 님이 마법사들과 함께하신다고 할 때, 솔직히 마법사들의 도구로 전락하는 게 아닌가, 그걸 걱정하여 내린 결정이었는데…… 저희가 경솔했습니다."

"마법사들의 도구로 전락해? 무슨 근거로 그런 판단을 한 거지?"

"제 스승도 선뜻 죽이는 족속이 아닙니까? 그렇기에 평소엔 평화로운 척 연기를 하다가 언제 저희의 등 뒤에 칼을 꽂을지 모른다고 생각했으니까요."

"흐음."

일리 있는 말이다.

가렌트가 아무리 아니라고 설명한들 이들에게 진정성이 얼마나 전해지겠는가.

가렌트의 경우엔 이미 300년 넘게 살고 있어, 드라코 타일런트의 시대에만 마법사들이 유독 이상하단 걸 잘 아는 사람이다.

하지만 지금의 대검사 친위대들은 그런 드라코 타일런트의 시대에서만 살던 검사들.

그들이 눈으로 직접 보고 겪은 일들이 바로 사사건건 마법사들의 시비였으니, 불신이 생긴 것도 당연했다.

하지만 이제야 본 것이었다.

정말 마법사들이 달라진 것이구나.

그렇지 않고서야 검사의 몸에 이로운 마법을 입혀 괴물과 함께 싸울 일도 없으니까.

마침 가렌트에게도 손이 부족한 상황이다.

그렇지만 선뜻 '잘 생각했어!'라며 그들의 번복을 승인할 수도 없는 노릇이었다.

선택엔 늘 책임이 따른다는 사실.

그것을 이 검사들에게 일깨워 주고 싶었기 때문이다.

지금 이들이 다시 합류한다면 이제 그 선택은 지금과는 달리 절대로 되돌릴 수 없다.

함께 하늘에서 내려오는 괴물들과 싸워야만 한다.

그 과정에서 생기는 부상, 혹은 죽음.

이런 것들은 전부 개인이 감내해야 하는 요소들이며, 지금 이 선택엔 그런 책임이 따른다는 것을 세뇌 수준으로 주입해야 했다.

"고리타분한 얘기 좀 하지. 선택엔 늘 책임이 따른다. 이런 말은 뭐, 말 안 해도 알지? 너희가 검사 학교 학생들도

아니고 검사 사회에서 한자리씩 하고 있던 친위대원들이었
잖아."

"물론입니다."

"일단 너희가 한 첫 번째 선택, 검사직을 내려놓은 것. 그
선택의 책임도 져야지."

"어떠한 명령이든 달게 받겠습니다."

선두에 있던 검사가 먼저 답하며 한쪽 무릎을 꿇었다.

그를 따라서 검사들 전체가 똑같이 한쪽 무릎을 꿇으며 고
개를 땅으로 조금 숙였다.

복종의 의미였다.

가렌트는 어떤 것이 좋을까 생각하던 중.

효과적이진 않지만 상징적인 명령 하나가 떠올랐다.

"지금 당장 검사 의회로 들어간다. 들어가서 너희들이 내
려놓은 검과 갑옷, 다시 입어. 그대로 있으니까."

그의 첫마디가 떨어지자 검사들의 표정은 상기되었다.

그러나 이어지는 말을 들은 검사들의 표정은 일그러질 수
밖에 없었다.

"복장 제대로 갖춘 다음 평민들 이주를 도와라. 단, 너희
는 마법사들의 명령을 받아. 내가 아니라."

"……네?"

검사 의회장인 가렌트의 명령이 아닌 마법사들의 명령을
따르라니.

이는 검사들에게 상당한 자존심이 상하는 문제였었다.

"선택을 번복하는 주제에 자존심은 챙기고 싶다?"

가렌트가 협박하듯 물었다.

"아, 아닙니다!"

"어차피 이제 우리와 함께하는 이들이다. 미리 얼굴 익혀 둬서 나쁠 거 없잖아. 아니, 무조건 익혀야 하지. 안 그래?"

"지당하신 말씀입니다!"

"그리고 평민들의 이주가 끝나면 너희는 한 달간 갑옷과 검을 절대로 내려놓지 마라. 당연히 씻는 것도 마음대로 못 하겠지? 갑옷 그대로 입고 씻든가. 아니면 씻지 말든가. 그게 내가 내리는 벌이야."

한 달 동안 갑옷과 검을 내려놓지 말라는 벌은 사실 순수하게 보자면 그렇게 가혹한 형벌이 아니다.

조금 귀찮은 수준일 뿐이다.

하지만 상징적인 의미를 갖게 된다.

너희들이 이미 스스로 한번 내려놨으니, 그 무게를 제대로 알라.

검과 갑옷이 몸에 자리한 상태가 진정한 너희들의 무게다.

갑옷과 검의 무게가 사라지면 목숨도 사라지는 것으로 알라.

이런 의미로 결정한 형벌이었다.

"감사합니다, 가렌트 님!"

비록 작은 형벌이 있긴 했으나, 어쨌든 복귀를 수락한 말이었다.

무릎을 꿇고 앉은 검사들은 감동의 눈물이라도 흘릴 기세였다.

"시끄러워. 당장 행동 시작해."

"네!"

문을 연 내 눈에 비친 모습은.

도축장을 방불케 하는 풍경이었다.

크르르르르-!

쌩뚱맞게 검은 라이칸 한 마리가 복도에 있었고, 이미 생기를 잃은 어린 검사 학생들의 몸체가 벽과 천장, 바닥을 나뒹굴고 있었다.

"크으윽……!"

그러던 중 라이칸의 발톱에 어깨가 뚫려 벽에 박힌 검사 하나가 있었다.

즐비한 시체들처럼 어린이는 아니다.

건장한 성인의 검사였다.

난 곧바로 라이칸의 상태를 살폈다.

'날개는 없다. 그렇다면…… 비전력으로 만든 라이칸은 아

닌 건가?'

밑의 세계에서 봤던 라이칸들은 날개가 달린 변종들.

그것이 전부 비전력 때문이라고 예상했기 때문이다.

'비전력으로 만들어진 라이칸이 아니라면. 원소 마법으로 어떻게든 될 거야.'

검은 라이칸이니 사일러드가 만든 것이 확실하다.

하지만 왜 그의 라이칸이 마법 학교도 아닌, 검사 학교의 1층에 있는지는 알 수 없었다.

그건 이제 나중에 알아볼 문제.

난 곧장 플레우드 마법으로 라이칸을 공격했다.

이번에 사용한 마법은 피콕(Peacock).

플레우드 구체를 날카롭게 만들어 공작새의 날개처럼 만드는 마법이다.

피콕이란 이름도 그런 공작새의 날개와 상당히 닮았다 해서 붙여진 이름이다.

눈에 보이지 않는 깃털들이 사방에 흩날리고, 이것은 무차별적으로 라이칸을 벨 것이다.

피콕을 구현하자마자 라이칸을 공격했다.

크르르르륵-!

'……역시, 마법의 위력이 감소하는군.'

비전력으로 만들어진 라이칸이 아닌데도 라이칸의 가죽이 조금 긁혀 피가 흘렀을 뿐, 일격에 소멸시키진 못했다.

이제 라이칸은 온전히 내게 집중했다.

털썩-!

그 덕분에 벽에 걸렸던 검사는 땅바닥으로 떨어지며 가쁜 숨을 몰아쉬었다.

"커헉, 컥……!"

라이칸이 나를 본 그 순간.

땅바닥에서 검은 송곳이 솟았다.

정말 아찔한 순간이었지만, 미리 구현해 놓은 피콕 덕분에 몸이 뚫리는 불상사는 피할 수 있었다.

'……이건 어둠 원소 마법.'

비전력으로 만들어지지 않았어도, 사일러드의 신물이라면 신물 자체가 원소 마법을 다룰 수 있는 게 확실하다.

게다가 검은색이니 어둠 원소를 다룰 수 있는 마법사로 보였다.

'야단났군.'

이쪽은 플레우드 마법의 위력이 상당히 감소해서 제대로 된 살상력을 가진 마법도 못 쓰는 상황인데.

도리어 라이칸은 어둠 원소 마법까지 사용할 줄 알게 되다니.

그것도 초급 마법도 아닌 검은 송곳을 사용하고 있다.

내가 잠깐 정신을 팔면 반응 못 하는 곳에서 구현해 냈다.

마법사로 치면 최소 7서클 이상.

아주 낮게 평가해도 그 정도다.

난 검사의 몸을 살폈다.

아무래도 나 혼자서는 힘들 것 같은 생각이 들어서다.

"이봐, 이름 모를 검사, 괜찮나?"

"……뭐?"

소년의 모습을 한 내가 반말로 물으니 검사가 발끈했다.

'하긴, 계속 여기 있었으면 나와 가렌트가 무슨 약속을 나눴는지도 몰랐을 테니. 저런 반응도 무리가 아니지.'

저 검사도 알 것이다.

현재 나를 치장한 색깔은 눈동자, 머리카락이 전부 하얀색.

마법사들의 특징이 고스란히 살아난 모습이다.

마법사가 갑자기 이곳으로 온 것도 의아할 것이며 라이칸의 공격까지 받았으니 머리가 혼란스럽다는 것쯤은 쉽게 이해가 됐다.

그러나 일일이 설명할 시간 없다.

그리고 무엇보다 내게는 현재 저 검사가 절실히 필요하다.

"설명할 시간은 없고, 지금 나한테는 당신이 필요해."

"내가 필요하다니…… 무슨 말이냐, 마법사! 무참히 학생들을 도륙 낼 때는 언제고……!"

그의 목소리엔 이제 분노가 서렸다.

그런데 마법사 주제에 무참히 학생들을 도륙했다라…….

그건 또 무슨 말인지 알 수 없었다.

역시 이것도 지금 알아볼 시간은 없다.

일단 라이칸부터 처리해야 알아볼 여유가 생기니까.

"그래, 우린 서로 알아 갈 시간이 필요하지. 일단 여기 있는 라이칸부터 같이 처리해야 할 것 같은데."

"네가 만든 것 아닌가? 네가 오자마자 너를 쳐다보던데."

마법사에 대해 잘 모르는 검사라면, 충분히 그런 오해를 사고도 남는다.

"응, 아니야. 그러니까 지금은 나를 도와줘. 그래야 나도 너를 도와주지."

"그게 무슨 뚱딴지 같은 소리……!"

검사의 말은 무시하고 난 검사에게 플레우드 마법 하나를 입혔다.

고통을 잠시 잊게 만드는 마법이다.

상처를 치유하는 간단한 마법도 존재하나, 저렇게 어깨가 뚫릴 정도의 중상을 치유하는 마법은 나도 시전할 수 없었다.

따라서 이런 상황에서 가장 효율적인 마법은 고통을 잠시 잊게 만드는 마법.

고통만 사라진다면 몸을 쉽게 움직일 수 있으니까.

"……?"

아니나 다를까, 검사의 표정이 변했다.

갑자기 몸에 힘이 솟는 것같이, 눈빛에선 생기가 살아났고, 그의 표정이 어리둥절하게 변했다.

"내 마법으로 최대한 지원하지. 나 대신 저 라이칸을 베어줘. 지금 라이칸을 처리할 수 있는 건 너의 검뿐이야."

"무슨……."

"말싸움할 시간 없어. 우리에게 주어진 시간은 행할 시간밖에 없지. 하지 못하면 너나 나나 이 자리에서 죽는 거야. 그러고 싶나?"

"……."

검사는 다시 생각이 많아진 표정이다.

하지만 이번엔 꽤 긍정적이었다.

그는 잠시 생각하다가 곧바로 행동했으니까.

놓쳤던 검을 다시 잡았다.

"고마워."

검사는 일말의 고민도 없이 눈앞의 적인 라이칸을 향해 돌격했고.

난 그런 검사를 지원했다.

라이칸의 행동을 둔화시키기 위해 빙결 마법도 펼쳐 놨으며, 라이칸이 날카로운 발톱으로 검사를 공격하려고 하면 미리 구현한 피콕으로 방어해 줬다.

검사는 이제 라이칸과 한 뼘의 거리까지 바짝 붙었고, 아무 걱정도 없이 오로지 검만 휘둘렀다.

몇 번의 합을 주고받은 뒤에.

뎅겅-!

데구르르르르.

바닥을 구른 것은 라이칸의 머리였다.

라이칸은 그렇게 소멸했다.

정말 다행인 사실은 이곳에 라이칸이 한 마리밖에 없었단 것이다.

그리고 검사가 싸우는 방식을 보면서 한 가지도 확실히 느꼈다.

이 검사는 내가 밑의 세계에서 지원했던 가렌트와 대검사 친위대원에 비하면 역량이 한참이나 부족하단 것을.

만약 이런 상태에서 라이칸이 세 마리 이상 있었다면 결과를 장담할 수 없었을 게 분명하다.

난 다시 비전력을 사용해야 했을 테고, 그렇게 다시 비전력을 사용했다면 정말 쓰러질지도 모르는 상태였으니까.

불행 중 다행이란 게 이런 걸 두고 하는 말 아니겠는가.

"……너 뭐지? 마법사인 건 확실한데 왜 이 괴물들이랑 싸우는 거야? 네가 만든 게 아니야?"

전투가 끝나자 이제 일말의 여유가 찾아왔는지 검사가 내게 물었다.

여전히 눈빛에는 불신이 가득했다.

"그 답을 듣기 전에…… 학생들이, 왜 이 모양이 된 거지?"

이게 내게 있어서 가장 중요한 것이었다.

"마법사 한 명이 갑자기 들이닥치더니 무참히 학생들을 도륙했다. 검정색 송곳처럼 생긴 마법으로."

검은 송곳을 사용할 수 있는 또 다른 마법사라면…….

셔먼밖에 없다.

그렇다는 말은 검사 학교의 꼭대기에 있던 셔먼이 어느새 1층까지 내려와 그런 학살을 자행했다는 뜻인가?

"혹시 그 마법사, 얼굴이 보이지 않는 후드형 로브를 뒤집어쓴 놈인가?"

"그렇다."

"어디 있어, 그놈."

"……."

그의 불신 가득한 눈빛이 조금 흔들린 순간이다.

내가 강압적으로 물으니 혼란스러운 것이었다.

"어디 있냐고."

하지만 지금은 그의 심경을 한없이 헤아리거나 이해할 때가 아니다.

설명은 나중에 들어도 되니 일단 지금 당장은 내 질문에 답만 해 주길 바랐다.

"……내가 목격한 곳은 저쪽이다. 학생들 수련장이 있는 곳이지."

그의 답을 듣자마자 난 발걸음을 옮겼다.

그리고 검사 앞을 지나치는 순간.

그가 내 팔을 붙잡았다.

"너, 도대체 정체가 뭐냐?"

내가 셔먼의 행방에 집착하는 것처럼, 그도 나의 정체를 집착하는 중이었다.

'그래, 계속 숨기는 것보단 조금은 알려 주는 게 훨씬 낫겠지.'

이 검사가 계속 귀찮게 하는 것보다 그게 훨씬 낫지 않은가.

따라서 한마디만 뱉었다.

"가렌트 알지? 오리안트 가렌트."

그 이름이 나온 순간 그의 눈은 휘둥그렇게 변했다.

반응을 보자면 자신은 감히 입에 담을 수 없는 고귀한 이름을, 어떻게 소년 마법사가 쉽게 내뱉을 수 있냐는 충격으로 보였다.

"의회장님의 존함을 네가……!"

"그 의회장이 내 친구다. 못 믿겠으면 이따 같이 밑의 세계로 가서 확인하든가. 너를 구해 줄 이유가 없었음에도 구해 준 것만 봐도 내가 거짓말을 하는 중이 아니라는 것쯤은 쉽게 알 수 있을 텐데."

그와 눈을 똑바로 맞추며 답했다.

역시 이번에도 잠시 고민하는 눈빛을 보이더니, 시선을 땅으로 내렸다.

그가 생각하기에도 내 말이 전부 맞다고 생각한 모양이다.

"같이 갈래? 너희 학생들 이렇게 만든 마법사 잡으러 온 건데."

어차피 밑의 세계로 가야 할 때 데리고 갈 검사다.

게다가 지금 그에게 입혀 놓은 플레우드 마법을 아직 거두지 않았다.

통증을 일시적으로 지운 상태에서 다시 통증을 갑자기 느끼게 한다면 정말 쓰러질지도 모르니까.

아무리 검사들이 신체가 튼튼하고 마법사보다 상처 회복 속도가 빠르다고 한들, 쌓였던 통증이 한순간에 몰려오면 검사라고 해도 쉽게 당해 낼 수 없을지도 몰랐기 때문이다.

"……그런 거라면 함께 가지."

"네 이름은 뭐지? 이름 정도는 알아야 할 것 같은데. 같이 가기로 했으니까."

"……드레드다."

성이 없는 것을 보니 검사 사회의 평민 출신 검사로 보였다.

"그래, 드레드. 난 아르키스 에이머라고 한다."

"복잡하고 긴 이름이군……."

"마음대로 생각하고. 몸 움직일 때 조심해. 지금 마법은 상처를 치유한 게 아니라 통증을 못 느끼게 하는 거야. 즉, 상처는 그대로 있으니 치료받기 전까진 조심하란 뜻이지."

"⋯⋯알았다."

그렇게 난 드레드와 함께 걷기 시작했다.

셔먼이 있었다는 학생들의 수련장으로 향한 것이다.

"그런데 궁금하네. 그 마법사 이름이 셔먼이거든. 셔먼은 멀리 떨어진 저곳에 있는데 그를 쫓다가 라이칸을 마주친 거야?"

"⋯⋯그 괴물 이름이 라이칸인가 보군."

"맞아."

"셔먼이란 마법사가 강당에서 나오자마자 마법으로 학생을 도륙했지. 마치 살육을 즐기는 듯한 미소를 흘리면서 말이야. 그러고는 유유히 수련장 쪽으로 걸어가는 걸 뒤쫓아 가고 있는데 갑자기 강당에서 저 괴물이 나타나 날 습격한 거다."

셔먼은 소환 마법을 다룰 줄 모른다.

그렇다는 것은⋯⋯ 짐작 가는 게 하나가 있다.

바로 강당 무대에 있던 검은 포털.

그것이 셔먼이 꼭대기에서부터 이곳 1층까지 내려오면서 만든 포탈일 터였다. 사일러드의 마력이 어떤 이유에서인지는 모르겠으나 그것을 타고 여기까지 흘러들어 왔단 뜻이다.

'⋯⋯확실히 시기적으로 가능한 것 같기는 한데.'

밑의 세계에는 비전력으로 만든 라이칸들이 습격해 왔다.

비전력이란 거대한 힘의 근원지는 바로 마법 학교의 꼭대기일 것이다. 타일런트는 그곳에서 거대한 힘을 사용했다.

그리고 타일런트가 죽기 전에 검사 학교 꼭대기의 봉인석을 깨기 위해 길을 잠시 연결한 적이 있지 않던가.

두 영향으로 꼭대기에서 감당할 수 없는 사일러드의 힘이 검사 학교까지 연결된 길…… 아마도 검사 학교로 셔먼이 내려오면서 열린 포털로 흘러든 힘 때문에 이런 현상이 생긴 것으로 보였다.

그래서 검사 학교에서 나타난 라이칸은 비전력으로 만들어진 게 아닌 것이라고 추측할 뿐이다.

다시 말하자면 이런 원리다.

이것은 사일러드가 의도하고 검사 학교에 몬스터를 소환한 게 아니다.

그저 소환했던 비전력이란 덩어리가 너무 거대했기에, 연결된 검사 학교가 그저 피해를 본 현상이다.

'참 신기하군. 나도 이런 게 생길 거라곤 예상 못 했는데.'

난 이제 드레드에게 다른 것을 물었다.

"보아하니 검사 학교 1층인데, 넌 여기에서 어떤 직책을 맡고 있었지?"

"교관이다."

"교관? 검사들 언어라서 정확히 뭔지 잘 모르겠는데."

"층을 관리하고 학생들도 관리하며 학생을 가르치는 조교들도 관리하지."

마법 학교의 교수 정도의 직책을 검사들은 교관이란 이름으로 부르는 모양이다.

그리고 그가 말하는 조교는 마법 학교의 교사들이겠지.

그래도 나와 마주친 게 층의 관리자인 교관이라니 다행이란 생각이 들었다.

친위대원들과 비교하면 역량이 모자라긴 하지만 그래도 평균적인 검사들과 비교하면 오히려 강한 축에 속하는 검사일 테니까.

어느덧 수련장에 도착했다.

수련장 문틈에도 피가 새어 나오고 있었다.

"뭔가…… 이상하군."

일단 난 문을 열었다.

문을 열고 목격한 수련장 내부의 광경.

여기에도 학생들의 시체가 즐비했지만, 복도와는 상황이 달랐다.

"푸흐…… 푸우!"

크르르륵, 크륵…….

셔먼은 수련장 벽에 등을 기댄 채 축 늘어져 있었고 그의 주위엔 두 마리의 빨간색 라이칸이 바닥을 기는 것 같은 자세를 취하고 있었다.

라이칸의 척추부터 시작해 발까지 전부 꽂인 검은 송곳.

셔먼은 늘 후드를 뒤집어써 얼굴을 보이지 않았던 마법사였는데, 지금은 후드가 벗겨진 상태다.

그의 옆에는 검은 포털 하나가 생성되어 있었다.

아무래도 일을 마치고 이제 돌아가려다가 저 포털에서 새로운 라이칸이 튀어나오며 셔먼과 혈전을 벌인 듯했다.

승부를 굳이 따지자면 무승부로 보였다.

셔먼도 부상이 심해 가슴팍은 물론 온몸 전체에서 피를 흘린 채로 가녀린 신음을 내뱉고 있었으며.

라이칸도 검은 송곳에 꽂혀 옴짝달싹 못 하는 상태이긴 하지만, 적어도 소멸하진 않았다.

즉, 셔먼 혼자서 라이칸의 숨통을 완전히 끊기엔 역부족이었단 뜻이다.

'그래도 사일러드의 라이칸 두 마리를 혼자 상대했군. 하긴, 보주화도 구현할 줄 아는 마법사니까 그 정도는 할 수 있었단 뜻인가.'

난 벽에 기댄 채 앉은 셔먼의 앞으로 다가갔다.

"드라코 셔먼."

나지막이 그의 이름을 불렀을 때, 그는 날 보고 놀란 반응을 감추지 못했다.

"아르텔…… 네가 어떻게 여기에……!"

셔먼은 복잡한 심경인 듯 보였다.

그리고 이어진 그의 말은.

"그보다…… 너, 어째서……!"

그는 바들바들 떨리는 손으로, 필사적으로 나의 어딘가를 가리켰다.

"그래. 이해 안 되겠지."

손가락이 향하는 방향이 어딘지 나도 잘 알았다.

바로 내 머리카락.

그가 알던 나는 검은색과 빨간색이 정확히 반반씩 자리 잡은 모습이었는데, 지금은 완전한 하얀색이 되었으니까.

"아르텔? 사람 이름 같은데, 너한테 하는 말인가? 네 이름은 아르키스 에이머라며."

그러던 중 옆에 있던 드레드가 물었다.

"아르키스 에이머라니……!"

의도하진 않았지만, 드레드 덕분에 내 입으로 직접 내가 누군지 알려 주는 수고는 덜었다.

그리고 그 이름을 듣자마자 셔먼은 혼이 나간 표정을 지었다.

"……."

이제야 상황이 이해가 되는 모양이다.

검은색과 빨간색으로 섞인 내가 전부 하얀색으로 도색된 것하며.

그리고 갑자기 검사 학교에 모습을 드러낸 것까지.

실제로 아르키스 에이머가 아니고선 불가능한 일이라고 여긴 듯했다.

"그럼…… 보름달께선……."

그는 이 와중에도 타일런트를 걱정했다.

정말 끔찍할 정도로 깊은 충성심이다.

도대체 무엇을 어떻게 하면 저런 충성심이 나오는 것인지 신기했다.

"죽었다."

이제 현실을 직시하라는 의도로 건넨 한마디.

그는 힙겹게 올렸던 손가락이 축 늘어졌다.

그의 숨통이 끊어진 게 아닌, 예상하지도 않았던 충격적인 소식에 몸의 힘이 빠져나간 모양이었다.

"짐작은 하지 않았나? 보아하니 네가 만든 포털에서 사일러드의 몬스터가 튀어나온 것 같은데."

"……네가 보름달을 해하고, 사일러드까지 처리하려고 했는데 잘 안 된 건가."

"아니, 오히려 그 반대지. 너희들의 보름달, 드라코 타일런트는 사일러드의 손에 죽었으니까."

이젠 황망한 표정을 지으며 나를 쳐다봤다.

"그래서 네가 여길 온 이유는 뭐지? 아르키스 에이머, 네가 검사 학교까지 직접 올 이유는 없잖아."

"없기는 왜 없어? 너 잡으러 왔지."

"……."

"마법 학교 꼭대기에서 분명히 들었다. 사일러드의 봉인을 풀기 위해 넌 검사 학교 꼭대기로 넘어갔잖아."

"뭐……?"

이번엔 드레드가 충격적인 반응을 보였다.

설마 꼭대기에서부터 내려왔을 줄은 상상도 못 한 모양이다.

"묻는 말에 답하라, 드라코 셔먼. 꼭대기를 지키던 대검사, 어떻게 했지?"

"풉, 큭큭……! 그렇게 보고 싶으면 직접 저걸 타고 들어가 보든가."

그는 자신의 옆에 있는 검은 포털을 가리키며 답했다.

아무래도 그 포털은 역시 검사 학교 꼭대기와 연결된 것으로 보였다.

셔먼은 이미 자신에게 다가올 운명을 겸허히 받아들인 것일까.

내 정체를 알고서도 더는 충격받은 모습을 보이지 않았다.

오히려 이판사판으로 당당한 모습이다.

"묻는 말에 답하면 최후는 편안하게 맞이하게 해 주지. 현

대검사, 1층에 널브러진 학생들처럼 똑같이 만들었나?"

"네가 나의 보름달도 아닌데 내가 답할 이유가 어디 있지?"

정말 한숨이 나올 정도의 충성심.

오직 셔먼의 세상에는 드라코 타일런트만이 존재하는 것 같았다.

"그래, 그게 네 선택인가?"

"하고 싶은 대로 해. 난 널 보름달로 인정하지 않을뿐더러, 보름달께서 돌아가신 이상 어차피 이제 나의 세상은 없으니까."

내가 누군지 알고도 절대 굴하는 모습을 보이지 않는 배짱은 높이 산다.

하지만 그의 말대로 드라코의 시대는 끝이 났다.

그는 이제 체념한 듯한 모습이었다.

"유감이군."

난 셔먼의 주위에 동그란 불의 장벽을 구현했다.

"화형인가."

셔먼은 자신의 주위에 타오르는 강렬한 불꽃을 보며 감상하는 목소리를 냈다.

"설마. 난 그렇게 안락한 최후를 선사할 정도로 인자하지 않아."

그리고 그에게서 등을 돌렸다.

"……어딜 가는 거지?"

자신의 예상에서 벗어난 행동을 내가 취했기 때문일까.

한껏 당황한 모습이었다.

그 견고한 충성심과 해탈에 잠시 금이 갔다.

"널 데려가기 전에 확인할 게 있어서."

바로 그가 열어 놓은 포털.

그곳이 꼭대기와 연결된 포털이라고 직접 말하지 않았던가?

가렌트와의 약속도 있다.

이미 꼭대기에 있는 대검사가 어떤 상태일지는 짐작이 가지만, 우리가 선술집에서 에타르와 에버를 기리는 장례를 치른 것처럼…….

검사들에게도 그런 망자에게 갖출 예의가 있을 거다.

이미 목숨이 끊어진 상태라면 시체라도 수습해서 가렌트에게 전해 주는 것.

그것이 나의 도리이며 가렌트와의 화합을 지키는 일이라고 생각했다.

"드레드, 넌 여기 있어. 괜히 네가 봐서 좋을 거 없을 것 같으니까."

"……."

드레드에게는 그 한마디만 남기고 나 혼자 포털로 몸을 들이밀었다.

"결국, 이렇게 된 거군."

검사 학교 꼭대기의 모습은 내 예상을 벗어나지 않았고 정확했다.

꼭대기에 있는 두 구의 시체.

둘 다 갑옷을 입고 있었기에 누가 정확히 대검사인지는 몰랐다.

그저 눈치껏 알 수 있는 방법이 있었는데, 바로 본래 봉인석이 있던 자리에 가까운 곳에 있는 시체가 대검사가 아닐까 하는 추측이었다.

심지어 그 시체의 훼손 정도가 다른 시체보다 심했다.

양팔이 없었으며, 땅에 엎어진 상태로 갑옷 여기저기에도 관통상이 많았다.

구멍의 크기로 보면 라이칸의 발톱에 당한 건 절대 아니다.

동그랗게 나 있는 흔적들은.

셔먼의 검은 송곳으로 인해 이렇게 됐음을 나타내는 상흔이니까.

유독 훼손이 심한 시체는 눈도 제대로 감지 못한 상태였다.

다른 한 구의 시체는 분명히 눈을 감고 있는데 이 사람만 눈을 뜨고 있는 이유.

채 감지 못한 눈의 시선이 향한 곳은 다름 아닌 이제 사라진 봉인석의 위치였다.

"······미안하다."

현 대검사 불카토스 밀턴.

내 불찰로 인해 파릇파릇한 앞날을 꽃피우지 못하고 먼저 이 세상을 떠나게 되었구나.

내 제자였던 놈은 도대체 얼마나 많은 사람을 더 괴롭게 해야 직성이 풀리는 걸까.

밑의 세계를 건드린 것부터 시작해······.

사일러드의 봉인을 풀기 위해 이곳 검사 사회까지 넘어온 것이며.

사일러드를 감당하지 못해 이젠 밑의 세계의 평민들까지.

고작 마법사 한 명 때문에 이 세상에 존재하는 모두가 고통받는 중이다.

난 밀턴의 눈을 감겨 주었다.

그리고 마법으로 그의 몸체를 들고, 다시 1층으로 돌아갔다.

"대검사님!"

내가 밀턴과 이름 모를 검사 한 명을 마법으로 들고 나오자, 드레드는 울상이 되어 바닥에 주저앉았다.

"······어떻게 이런 일이."

검사들의 충성심은 셔먼이 보였던 타일런트를 향한 충성심과는 성격이 다르다.

정말 마음에서 우러나는, 그들의 세상 전부.

검사들에게 대검사란 그런 존재다.

나에게 빗대어 그 심정을 헤아리자면…….

내 인생 전부가 스승님이었던 것과 똑같은 모습이다.

큰 충격을 받은 드레드는 그 자리에 양쪽 무릎을 꿇고 흐느꼈다.

"어떻게, 어떻게 이럴 수 있단 말입니까……! 도대체 어떤 지독한 일을 당하셨기에……!"

시체의 훼손 상태가 심해서 더욱 흐느끼는 것으로 보였다.

검사인 드레드의 눈가에 짙은 눈물이 생겼다.

그는 검을 번쩍 들어 셔먼의 앞으로 다가갔다.

"그만둬."

난 그를 중재했다.

의미 없는 짓이기 때문이다.

"당장 이거 치워! 저놈이 우리의 대검사님을 저렇게 만든 거잖아!"

그에겐 이제 분노밖에 남지 않았다.

"그거 치우면 네가 무슨 짓을 할지 뻔히 아는데, 내가 왜 치우지?"

하지만 그가 할 예정인 행동은 내가 절대로 바라는 것들이 아니다.

셔먼을 지금 저렇게 살려 둔 이유가 내게도 따로 있었으니까.

"치우라고."

그런 내 의도가 역시나 닿을 리가 없었다.

드레드는 오직 자신의 의견만 강력하게 내게 내세웠다.

"자꾸 귀찮게 하면 잠깐 재울 수밖에 없어. 그러고 싶지 않으면 내 말 들어."

"도대체 왜! 왜 저런 놈을 살려 둬야 하는 건데!"

그는 이제 고함을 질렀다.

"그래서, 죽여 버리면 뭐가 달라지는데? 안락한 죽음밖에 더 되나? 저런 놈은 차라리 죽음을 바랄 정도로 오래 살면서 고통받게 해야지. 그게 저놈들로 인해서 고통받은 사람들을 위로하는 방식 아니겠나?"

"……그게 너희 마법사들의 사고방식이냐? 죽음이 안락하단 것. 그것은 곧 우리의 대검사님도 안락한 휴식을 부여받았으니 안도하란 뜻이냐?"

어떻게 하면 그렇게 받아들일 수 있는 건지는 모르겠지만…….

역시나 일일이 설득할 필요는 없다.

"말이 안 통하는군. 자고 있어."

난 그에게 걸었던 무통증의 마법을 해제함과 동시에 수면 마법을 추가로 구현했다.

"우욱……!"

갑자기 밀려오는 고통 때문이었을까, 그의 동공이 일순간 팽창한 것을 목격했다.

하지만 이어진 나의 수면 마법 때문에 그는 허수아비처럼, 맥없이 풀썩 쓰러졌다.

"너도 자고 있어라."

이제 다음 대상은 셔먼이다.

"……흥."

그는 최대한 저항하려고 했지만, 비전력도 사용할 수 없는 어둠 원소 단일 원소사의 역량으로는 내 마법을 거스를 수 없었다.

반항은 아주 잠시.

그의 눈도 스르륵 감겼다.

"……."

그렇게 도착한 검사 의회.

평민의 이주 작업은 어느 정도 끝을 향해 나아가는 중이어서 마법사들에게 위임했다고 한다.

어차피 평민들이 마법사의 거리로 넘어가면 살게 될 곳이 마법사 가문의 저택이었으니, 그들에게 맡기는 게 좋다고 판단했단 설명과 함께였다.

그리고 가렌트와 대검사 친위대원 일동은 대검사 불카토스 밀턴의 상태를 보고 침울한 표정을 지었다.

정말이지, 뭐라 표현할 수 없는…… 무기력한 표정들이었다.

"미안하다, 가렌트."

"……넌 알고 있었구나. 밀턴이 이렇게 됐을 거란 걸."

"……응."

부정하지 않았다.

나도 꼭대기에서 듣고, 직접 본 것들이 있었으니까.

"밀턴을 이렇게 만든 게…… 저 마법사인가, 그럼?"

그는 수면에 빠진 셔먼을 쳐다봤다.

"그래."

이제 가렌트의 손은 대검 손잡이로 향했다.

스응―!

한 치의 망설임도 없이 대검을 뽑는 가렌트.

그는 시퍼런 검날을 번쩍 들어 올렸다.

하지만 바로 내려치지 않았다.

그 상태로 내 눈치를 조금 보더니 나지막한 목소리로 한 가지를 물었다.

"……죽이게 안 놔둘 거지, 어차피? 네가 저놈을 여기까지 데리고 왔으면 뭔가 생각이 있다는 뜻일 테니까."

"역시 넌 나랑 말이 통하는구나."

내가 전생에서 가렌트와 많은 대화를 한 게 확실히 도움이
되는 듯했다.

다른 검사와 달리 평정심을 잃지 않고 이런 상황에서 저런
질문을 할 수 있는 게 다 그때 그 대화들의 영향 아니겠는가.

"솔직히 말하면…… 내키지 않는군."

"이해해. 입장 바꾸면, 내 스승님을 죽인 검사를 살려 두
겠단 것과 똑같은 거니까."

나도 이해심이 없는 건 아니다.

하지만 정말로 지금 죽이는 건 셔먼에게 있어 너무 가벼운
형벌이었기 때문이다.

가렌트의 대검이 부들부들 떨기 시작했다.

감성이란 녀석은 어서 내리치라고 명령하는 중이지만.

이성이란 놈은 또 그러면 안 된다고 만류하는 중이기에 저
런 행동이 나오는 것이다.

깡-!

결국 그는 대검을 바닥으로 내팽개쳤다.

계속 손에 들고 있으면 정말 감성에 먹힐 것 같은 기분이
들었으리라.

"대신 이거 하나만 약속하자, 에이머."

"말해."

"무슨 생각으로 저놈 살리는 건지는 묻지 않을게. 단, 저 놈에게 어떤 최후를 선사하는지 보고, 내 성에 차지 않으면 널 계속 원망할 거다. 화합의 시대를 맞이하게 되더라도."

"그래, 이해해 줘서 고맙다."

이럴 때 긴말은 필요 없다.

오히려 간결한 대답만이 그를 만족시킬 수 있을 것이다.

"우리에게 잠깐의 시간을 줄 수 있나? 장례는 치러야지."

"그래."

그렇게 가렌트가 직접 밀턴의 몸을 업고, 검사들과 함께 어디론가 향했다.

난 이제 검사 의회에 있는 포털을 바라봤다.

'……계속 이렇게 두면 안 될 것 같아.'

# 우리의 대응

포털 앞에 섰다.

'잠깐은 가능하겠지. 하지만 그 전에…… 확실히 확인하고 싶어.'

조각사 모브를 현상화하고, 임펠에게 물었다.

"임펠, 확인한 건 어떻게 됐어?"

그는 친위대 시절 사용한 의사당이란 곳에서의 웨이포인트를 확인하겠다고 했다.

만약 그 길이 막혀 있으면, 이번에 하늘에 나타난 라이칸 무리의 이유도.

전부 사일러드가 직접 몸이 올 수 없는 상태이기 때문에 마력을 흘려보내 라이칸을 소환한 게 아니냐는 그 추측.

나도 그의 추측이 상당히 신빙성이 있다고 느껴졌다.

실제로 사일러드는 꼭대기에 갇힌 순간에도 쪼갠 자신의 조각들을 밑의 세계로 흘려보내는 데 성공했으니까.

분명 이번에도 그 원리로 시도한 일일 것이다.

임펠의 답장은 곧장 왔다.

-막혔습니다. 아니, 막힌 게 아니라 아예 사라졌어요. 재건할 수 없는 게 확실합니다.

그렇다면 이제 추측은 확정이 되는 과정이다.

"고생했다."

검사 의회에 있는 포털을 향해 작은 플레우드 보주화를 구현했다.

난 이 포털을 없앨 생각이다.

이미 검사 학교에서 본 그 광경이 있지 않은가?

셔먼 자신이 움직이기 위해 만든 포털들을 타고 사일러드의 몬스터가 나타났다.

따라서 현재 밑의 세계와 연결된 웨이포인트는…… 여기 검사 의회에 있는 웨이포인트가 유일하단 뜻.

이것을 계속 놔두면 조만간 사일러드가 이 통로를 통해 침투할 수 있는 가능성을 낳게 된다.

당장 나도 사일러드와 싸워 이길 수 없는 상태이니 일단 차단해 둬야 했다.

'그래, 차라리 잘됐어. 그런데 에타르는 이것까지 예상한

걸까.'

밑의 세계로 올 수 없는 사일러드.

그래서 몬스터만 흘려보낸다.

그것이 가능한 이유는 마력이 형체가 없기 때문이지만, 몸체는 형체를 가졌기에 그런 것으로 보였다.

그에 따라 나는 일단 임시방편으로 평민을 한곳으로 모으고, 나는 계속 검사의 거리에 있을 생각이다.

라이칸들의 목표는 어차피 나이고, 내가 라이칸들의 눈에 띄기만 하면 나를 향해 급습할 거니까.

'사일러드, 그런 의미였냐?'

라이칸 무리가 처음 등장했을 때 보였던 행동.

시선을 이리저리 움직이며 무언가를 찾았던 그 이유가 라이칸을 통해서 이렇게 말하는 것 같았다.

'어서 나한테 와라. 완전히 담판을 짓자꾸나.'라고.

'나도 거절할 생각 없다. 네가 없어야 더 이상 고통받는 사람들도 없을 테니까. 단 그 담판은 조금 미루자.'

너는 300년이 넘게 원하는 것들을 준비했지만, 난 아니다.

그러니까 이번엔 내가 준비할 차례다.

비전력.

그 힘을 전생의 온전한 수준으로 사용할 수 있을 때.

그때가 비로소 우리의 길고 긴 싸움이 끝이 나는 날이다.

그러니까 지금은……

"거기에 계속 있어라."

포털 속에 구현한 작은 플레우드 구체를 보주화로 바꿨다.

크기도 크지 않고, 길을 완전히 소멸시킬 용도로만 사용하는 것이니 이 정도는 충분히 소화할 수 있었다.

그렇게 비전력 보주화에 먹힌 포털은 모습이 완전히 사라졌다.

이제 검사 사회로 향하는 길도 없는 것이다.

철저하게 밑의 세계와 위의 세계가 완전히 단절된, 여태없던 역사의 시작이다.

시간이 꽤 지난 저녁.

다행스럽게도 그때까지 다시 하늘에서 라이칸 무리가 나타나는 불상사는 없었다.

그 현상으로 인해 난 또 다른 한 가지를 알 수 있었다.

아무리 힘을 증폭시킨 사일러드라고 한들, 비전력으로 만든 라이칸을 마음대로 꺼내 쓸 수는 없다는 것.

즉, 회복 시간이 필요하단 것이다.

그렇다는 것은 하루에 두 번 이상의 급습은 없다는 말이 되기도 했다.

조금의 여유를 찾은 나는 조각사들과 가렌트, 대검사 친위대원들을 검사 의회로 불렀다.

"……자리가 좁군."

가렌트가 오자마자 한 소리였다.

본래 검사 의회 건물에 한 번에 이렇게 많은 사람이 찾아 오는 일이 없었겠지만…… 이제 상황이 바뀌었다.

앉을 자리가 없어서 주위에 선 사람도 적지 않았다.

공교롭게도 서 있는 사람 대부분은 검사들이었다.

"트레샤."

"네."

"자리 마련해."

"알겠습니다!"

아무리 그래도 본래 그들 소유의 건물인데, 화합이랍시고 찾아와서는 앉을 자리를 뺏고 싶지 않았다.

트레샤는 대지 원소사.

그에게 부족한 자리를 만들라는 지시를 내리자마자.

쿠구구구궁-!

검사 의회의 땅이 흔들리더니, 검사들 전부가 앉을 수 있 는 넓은 돌의자를 만들었다.

"보기엔 불편해 보이겠지만. 앉으면 괜찮을 거야. 자연의 돌로 만든 의자가 아닌 마법으로 만든 거라 꽤 푹신푹신할 거고."

검사들은 그런데도 선뜻 앉지 않았다.

불신이 아닌, 그저 낯설어서였다.

이미 그들은 마법을 경험한 적이 있으나, 지금은 상황이 또 다르다.

그들이 마법을 이용했던 건 급박한 상황으로 정신없던 전투 현장이었다.

게다가 이런 편리한 마법은 처음 보는 것이기에 더더욱 저런 반응일 것이었다.

"뭐 해? 너희들 위해 만들어 준 거잖아. 얼른 안 앉고."

가렌트가 재촉하자, 그제야 검사들은 마지못해 트레샤가 만든 의자에 앉았다.

"……!"

어떤 검사는 앉자마자 화들짝 놀라며 발작하듯 벌떡 일어섰다.

분명히 생긴 건 돌인데 침대처럼 푹신푹신하니 이질감이 들어서 그런 것이었다.

"이제 익숙해져야 할 거야. 앞으로 이런 일이 많을 거니까."

내가 강조했다.

"아…… 네……."

그리고 모든 검사가 앉았을 때, 우리는 역사상 처음으로. 마법사와 검사가 함께하는 회의를 진행했다.

"일단 내가 모든 사람들을 다 모은 이유는 앞으로의 계획을 논의하고 싶어서야. 특히 가렌트."

"응."

"넌 나랑 약속한 게 있지?"

"그, 수련을 도와 달라는 거?"

"응, 그거면 돼. 그것 말고는 바라는 거 없어."

"어렵지 않아. 그런데 난감하네. 잠깐 확인 좀 해도 돼?"

가렌트가 자리에서 일어나 내 자리 옆으로 다가왔다.

"무슨 확인을 하려고?"

"그냥 궁금했거든."

그리고 갑자기 내 어깨를 시작해 팔, 가슴, 배까지 손으로 더듬거리기 시작했다.

"……뭐, 뭐 하는 거야?"

나도 정말 깜짝 놀라서 자리를 박차고 일어났다.

사내놈이 갑자기 온몸을 더듬기 시작하니 썩 유쾌한 기분은 아니었다.

"흠, 이건 조금 의외네. 근육이 생각보다 단단해. 걱정은 덜었어."

"그거 확인하려고 한 거야?"

"응, 우린 근육이 필수니까. 뭐…… 마법사들은 뭐가 필수인지 모르겠지만."

확인을 마친 가렌트는 다시 제자리로 돌아가서 앉았다.

"네 부탁은 어떻게 소화하면 될지 머리에 전부 그려진다.

그러니까 걱정 마."

저렇게 자신 있는 답을 보여 주니 안심은 확실히 되었다.

"그런데 가렌트, 그렇게 평화로운 상태가 아닌 거 알지?"

"……알지."

"일단 내가 알아낸 건 위의 세계에 있는 사일러드는 고립된 상태라서 몸이 직접 여기로 올 수 없다는 사실이야. 그래서 라이칸만 소환해서 흘려보내는 중이야."

"으음, 그 이유는 모르겠지만 어쨌든 불행 중 다행이란 뜻이네."

"그런데 너도 봐서 알잖아, 임시방편으로 평민들을 조금이라도 안전하게 하기 위해 한곳으로 몰았지만 날개 달린 라이칸들이 언제까지나 나만 노릴 거라는 보장은 없어."

"알아, 무슨 말 하고 싶은지. 시간이 많이 없단 거지?"

가렌트는 오래 산 만큼 눈치도 빨랐다.

약 300년 전엔 말귀를 그렇게나 못 알아먹던 놈이었는데 지금은 '척하면 척'으로 변한 걸 보니 정말 신기했다.

"그래서 너희 검사들에게도 실험하고 싶은 게 하나 있어."

"……썩 내키는 말이 아닌데."

"리프."

"네, 아르키스 님."

"에드 분교 6클래스에서 네가 날 위해 만든 물약, 또 만들 수 있나?"

"혹시 그 실험의 정체가……."

"응, 저 검사들한테도 먹였을 때 어떤 효과가 나는지 확인하고 싶어."

이미 나는 효과를 봤지만, 정작 그 효과가 얼마나 있는지는 제대로 알 수 없었다.

그런데도 굳이 검사들에게 먹이는 이유.

검사들은 몸을 사용하는 자들이다.

즉, 그런 검사들이 리프가 만든 물약을 먹는다면 무엇이 어떻게 달라지는지 확실히 알 수 있지 않을까 하는 추측에서다.

내가 사용했을 땐 그저 힘이 조금 더 세진 것밖에 못 느꼈다.

물약을 제조한 리프조차 앓는 소리로 몸을 강하게 만들기 위한 물약은 이번이 처음 하는 시도라 효과를 장담할 수 없다고 말하지 않았던가.

그것을 확실히 하고 싶은 마음에서였다.

그러던 중, 리프가 우물쭈물하게 한 가지를 물었다.

"저…… 아르키스 님, 저도 한 가지 건의 사항이 있습니다."

"뭔데."

"제가 슬쩍 봤는데, 검사들은 몸을 치료하는 방식이 꽤 다양한 것 같더라고요. 저희 마법사와는 달리요. 저희 마법사는 물리적인 치료를 자주 하지 않잖아요."

그렇다.

애당초 마법사가 몸이 다칠 일도 없거니와 마법사가 몸을 다친다는 뜻은 곧 죽음을 의미한다.

마법사끼리의 전투에서도 서로의 몸을 노리는 이유가 바로 그거다.

상대가 아무리 강한 마법을 사용한들 그 본체인 몸만 공격하면 끝이 나니까.

그래서 방어 마법, 공격 마법은 많은 발전을 이루었지만, 정작 치료 마법은 없다고 봐도 틀렸다고는 말할 수 없을 정도다.

내가 드레드에게 사용했던 무통증 마법도 그런 일환에서 나온 거다.

몸이 고통을 느끼면 마법 집중에도 문제가 생기니 그것을 없애고 내가 쓰러지기 전에 상대를 먼저 쓰러트린다.

오직 이 목적을 충족하기 위해 개발된 마법이니까.

"그래서, 하고 싶은 말이?"

"검사들의 의사에게 물리적인 치료 방식을 배우고 싶어요. 그 원리들을 알면…… 제가 만드는 물약도 발전을 이룰 것 같거든요."

이왕 만드는 거, 제대로 만들어 보고 싶단 뜻이다.

게다가 검사와 마법사 간의 화합을 이루었으니, 그 정도의 정보 공유는 충분히 할 수 있지 않느냐는 소망을 담은 건의이기도 했다.

그녀의 제안은 타당했지만 역시나 여전히 걸리는 부분은 존재했다.

"그런 실험까지 거쳐 가며 물약을 만들면 시간이 너무 오래 걸리지 않나?"

우리에게 얼마큼의 시간이 주어졌는지도 모르는 상태다.

아무리 사일러드가 밑의 세계로 내려올 수 없다고 하지만, 언제 이 단절의 시간이 끝나 본체가 내려오게 될지는 아무도 모르는 일이다.

타일런트의 시대 때처럼, 사일러드의 봉인율을 나타내는 검은색 봉인석도 이제 없다.

추측할 수 있는 지표라고는 오로지 하늘에 뜬 불타는 검은 반점.

게다가 불길이 꺼질 때라는 가설만 세웠을 뿐인 데다가 사실 신빙성도 없는 가설이다.

따라서 믿으면 안 된다는 신호란 뜻이다.

"뭐, 잠 안 자고 계속 배우면 되겠죠. 그 정도는 거뜬합니다."

"……사람이 어떻게 잠을 안 자고 살아?"

리프의 답을 들은 검사 중 하나가 의문을 표했다.

절대 불만스러운 목소리는 아니다.

정말 순전히 몰라서 그러는 의문이다.

"마법사들은 수면을 억제하는 물약을 자주 마시고는 해요. 본래 피곤한데 못 느끼게 하는 원리는 아니고, 여덟 시간 이상 자야 할 것을 한두 시간만 자면 개운해지는 마법을 쓰는 원리죠."

리프는 친절하게 설명했다.

"그런 게 있었으면……."

검사들은 만약 자신들에게도 그런 물약이 존재한다면 지금보다 더 강해질 수 있지 않을까?

그런 기대감을 품은 목소리다.

"제가 검사들의 의사 치료 방식을 알려 주면 답례로 그 약물도 드리죠. 어때요?"

리프가 검사들에게 제안했다.

"어때, 가렌트."

나도 덩달아 가렌트에게 물었다.

사실 말이 좋아 묻는 거지, 답은 정해져 있다.

"거절할 이유 있나? 좋지. 나도 그런 기분 한번 느껴 보고 싶네!"

가렌트는 흔쾌히 수락했다.

"그럼 그 부분은 그렇게 끝이고."

회의는 계속 진행되었다.

가장 중요한 부분을 합의 봤으니, 남은 자잘한 것들은 거의 통보하는 식으로 말했다.

왜냐, 우리의 주적은 마법사고 난 그를 아주 잘 아니까.

그렇기에 가렌트를 포함한 다른 검사들도 통보식으로 말하는 나에게 절대 불만을 품지 않았다.

오히려 고개를 끄덕이며 경청하는 자세를 취했다.

그리고 난 우리의 행동 강령을 세웠다.

"이건 마법사와 검사 모두에게 해당돼. 꼭 지켜야 하지."

"궁금하네, 그 강령이란 거."

가렌트가 어서 말해 보라고 재촉했다.

"검사와 마법사는 무조건 붙어 있어야 해. 내가 세운 강령은 이게 전부야. 이건 꼭 지켜야 하지."

"이유는?"

"이미 알고 있으면서 뭘 더 물어?"

계속 떠보는 듯한 가렌트의 질문에 내가 핀잔을 주듯 답했다.

"그래도 확실히 듣고 싶은 거지. 그래도 여기 있는 검사들 중엔 우리의 전투에 참여하지 않았던 검사들도 있어. 녀석들은 모르잖아. 다시 한번 강조하는 것도 나쁘지 않다고 생각해."

그건 들어서 알고 있다.

가렌트가 나와 화합을 결정했을 때 친위대원들에게 자신의 결정이 틀렸다고 생각된다면 검사직을 내려놓고 떠나란

강수를 뒀던 일.

실제로 검사 절반이 떠났지만, 나와 가렌트가 직접 라이칸과 싸우는 모습을 보고 복귀했다고 했다.

"우리는 이제 공생 관계야. 언제부터 누가 마법사와 검사 간의 상하 관계를 정의했는지 모르겠지만, 그딴 건 처음부터 없었어."

이건 비단 검사들에게만 향하는 말이 아니다.

조각사 중에서도 특히 2기 조각사.

본교 학생 출신의 조각사들도 똑똑히 들으라는 뜻이다.

2기 조각사들은 이미 오랜 시간 타일런트의 세뇌를 당한 학생들이기에 거의 본능적이라고 할 정도로 검사를 거부하는 경향이 있다.

이건 학생들의 잘못이 아니다.

그 정도로 세뇌의 정도가 지독했단 뜻이며, 이는 나아가 타일런트가 치밀하게 설계를 잘했단 것이다.

하지만 그 정의를 만든 타일런트는 이제 사라졌다.

즉, 이제는 존재하지 않는 정의다.

이제 학생들에게 새로운 정의를 주입해야 할 때다.

"조각사 그리고 대검사 친위대, 서로 잘 알 거라고 생각해. 사일러드의 몬스터를 잡기 위해선 어느 한쪽의 힘만으로는 절대 불가능하다는 것을. 대마법사인 나도 쉽게 처리할 수 없는 놈들이었지만 우리 둘이 힘을 합하니까 어떻게 됐어?"

"꽤 쉬웠지."

가렌트는 허공에 검을 휘두르는 손짓을 보이며 답했다.

그 표정이 상당히 해맑았는데, 꼭 '그 손맛을 잊지 못해.'라는 말을 할 것만 같았다.

"바로 그거야. 솔직하게 말하면 저쪽에 앉은 마법사들."

2기 조각사들이 앉은 자리를 가리켰다.

"저 마법사들은 본래 마법 학교 본교의 학생들이다. 저들이 어떤 교육을 받아 왔는지 아나?"

"……모르지. 알 리가 없잖아."

"드라코 타일런트는 끝없이 세뇌했어. 검사는 마법사보다 한참이나 약한 존재다, 절대 마법사의 몸에 손을 댈 수 없는 존재다……라고."

"……틀린 말은 아니지."

가렌트는 수긍하려 했지만, 난 고개를 저었다.

"아니, 틀려. 약한 건 마법사와 검사 둘 다 똑같아."

"……?"

가렌트의 표정이 변했다.

도대체 무슨 말을 하고 싶어서 그러는 거냐는 반응이다.

"검사와 마법사를 '개인'으로 두면 둘 다 약해 빠졌어. 사일러드 하나를 넘지 못하니까. 그러니 나도 약한 게 되는 거지."

"그게 무슨 말이야? 넌 대마법사잖아. 대마법사가 스스로를 약해 빠졌다고 말하다니."

갑자기 변화하는 분위기에 유독 가렌트는 혼란스러운 모습이었다.

"하지만, 우리는? 검사와 마법사를 '개인'이 아닌 함께 있는 '우리'로 바꾸면?"

"……그런 뜻이냐."

"개인으로선 넘을 수 없었던 사일러드의 몬스터가 비교적 손쉽게 처리됐지. 즉, '나'라는 개인이라면 약하지만 '검사와 마법사'라는 우리라면 강하다, 그게 내가 얻은 교훈이야."

실제로도 내가 전생에서부터 계속 검사들과 교류를 하고 싶었던 이유.

사일러드같이 시대를 거스르는 강한 마법사가 나오면 자력으로 해결할 수 없었기 때문이다.

단절은 오답이다.

화합만이 정답이다.

그 맹신의 정신이 깃든 것이 바로 약 450년 전의 보름달 전투다.

"그래서 공생 관계라고 강조하는 거야. 너희 학생들도 똑똑히 새겨 둬. 이 정신을 거스르면, 가차 없이 퇴출이다."

'퇴출'이라는 말을 2기 조각사들이 앉은 곳을 무섭게 노려보면서 강조했다.

"……네, 네!"

학생들은 대답을 우렁차게 뱉었다.

무슨 일이 있어도 꼭 지키겠다는 다짐을 볼 수 있었다.

"그것만 알면 돼. 그것만 지키면 우리의 적은 생각보다 그리 거대하지 않을 수도 있어."

이것만 서로 잘 지키면 정말로 헤쳐 나갈 수 있는 힘을 얻는다.

"이의 있는 사람?"

이 정신을 따를 수 없다면 지금 당장 나가라.

나가서 평민의 신분으로 돌아가라.

그런 사람이 있으면 어차피 화합은 지속될 수도 없는 일이다.

이것을 강조하기 위해 가렌트가 처음 친위대원에게 썼던 방법을 나도 따라 하게 됐다.

그래도 그때와 다른 건, 이번에는 이의 있는 사람이 정말 단 한 명도 존재하지 않았단 것이다.

"자, 그럼 다들 바로 움직이자. 리프, 너는 의사들한테 배우고. 가렌트, 너는 바로 시작해 줘. 내가 부탁한 것."

"걱정 마. 다들 준비해라, 우리가 늘 하던 거."

가렌트는 검사 친위대원들에게 지시했다.

그들은 빠릿빠릿한 행동으로 일사불란하게 움직였다.

가렌트가 준비를 다 마쳤다며 나를 검사 학교에서 보던 강당과 상당히 비슷하게 생긴 장소로 불렀다.

애당초 우리가 있는 곳은 검사들의 거리였으니, 검사들이 주로 이용하는 시설물 전부가 있는 곳이다.

그중 한 곳을 골라 나를 안내한 것이다.

가렌트를 포함한 검사 친위대원 전부가 이곳으로 모였다.

그들은 손에 전부 들지도 못하는 각종 무기를 가지고 있었다.

"여긴 다 뭐야? 검사 학교에서 보던 강당이랑 상당히 비슷하게 생겼네."

"강당이란 말은 안 써. 우린 '투기장'이라고 부르지."

"투기장?"

"서로 겨루는 곳이야."

"……그런 곳을 왜 데리고 왔어?"

"내가 아까 네 몸을 만졌을 때, 근육은 충분히 단단하다고 했잖아. 이거 들어 봐."

가렌트는 자신의 대검을 내게 건넸다.

조금 힘이 부치긴 했지만 들지 못하는 수준은 아니다.

두 손으로 번쩍 들어 올렸다.

어깨나 손목이 떨리지도 않았다.

에드 분교에서 자행했던 수련의 성과가 역시나 아직 몸에 고스란히 남아 있었다.

"그거 상당히 무거운 대검인데도 마법사인 네가 잘 들잖아. 즉, 그 말이 뭐냐면…… 네 몸은 충분히 튼튼하단 거야."

"……아닐 텐데."

검사가 보기에도 튼튼한 몸인데, 왜 비전력의 위력이 그렇게 약할까.

분명히 비전력은 몸도 튼튼해야 사용할 수 있는 자원인데.

가렌트는 내 눈동자를 읽었다.

"뭘 걱정하는지 알아. 비전력인가 뭐시기인가, 그거 사용하기 위해선 몸이 튼튼해야 한다고 했잖아."

"맞아."

"그런데 말이야. 역시 마법사들이라 그런지…… 몸이 튼튼하다는 말은 정말 포괄적인 의미라고. 그런데 넌 튼튼함의 정의가 단순히 근육이 크고 단단한 것만 생각하는 것 같아, 맞지?"

"……."

그 말에는 부정할 수 없었다.

애초에 그런 섭리를 제대로 몰랐기 때문에 무식한 방법만 써 댄 것이다.

아무래도 검사들만이 아는 다른 무언가가 있는 모양이었다.

"그럼 튼튼함의 정의가 뭔데?"

"체력이 좋은 것. 아니, 좋은 수준이 아니라 훌륭한 것."

"그러니까 그 체력이 근육이 크고 단단한 거 아니냐고. 너희들 검사 입으로 직접 말했던 내용인데."

마법사의 거리와 검사의 거리가 나뉘었을 때.

검사의 거리 입구를 지키는 그 검사가 한 말이다.

"아니야, 아니야. 그건 이해가 쉽게 예를 든 거지, 절대적인 건 아니라고. 체력이란 건 정말 모든 걸 포함한 거야. 근력, 지구력 등등 몸으로 낼 수 있는 힘 전부를 말하는 거라고."

들으면 들을수록 나는 이해가 안 되는 것들이다.

그리고 이런 심정을 가렌트도 한번 경험한 적이 있을 거다.

당시의 가렌트 심정이 확 와닿았다.

"……옛날 생각난다."

"무슨 생각?"

"네가 대검사였던 시절에 대화만으로 내게 검술을 알려 준 그때. 네가 물었잖아, 마법 사회에도 검 같은 게 있냐고. 지금 뭘 휘두르고 있냐고."

"아, 그래! 뭐 알지도 못하는 말을 해 댔지. 플레우드 구체를 길고 가늘게 어쩌고저쩌고……. 네가 아는 얘기만 했잖아."

"응, 지금 내 심정이 그때의 너랑 똑같은 거 같아."

"……아."

무슨 의도로 한 말인지 그는 바로 알아차렸다.

즉, 자신이 아는 얘기만 하니 정작 배워야 하는 내가 하나도 알아듣지 못하는 중이란 것을.

배우는 사람이 터득하고 깨우치지 못하면 가르침은 아무런 의미가 없다.

오히려 잔소리로 변질되기 십상이다.

가렌트는 뭐가 좋을지 고민하다가 인상을 구기며 고개를 저었다.

"역시 난 말로 하는 건 영 재능이 없어. 행동으로 직접 보여 줄게. 그거 일단 내려놔."

내게 건넸던 대검을 말하는 것이다.

"저거랑 똑같이 생긴 거 가져와."

대검을 내려놓자, 그가 친위대원 하나에게 지시했다.

그러자 대원은 내가 들었던 대검과 똑같이 생긴 목검을 내게 건네주었다.

"……목검?"

"들어 봐. 일반 목검이 아니야."

우습게보고 목검을 번쩍 들었는데, 나도 모르게 이를 악물었다.

"무겁지?"

"어, 뭐야? 나무인데 왜 이리 무거워?"

우습게 본 이유가 그거다.

진검은 쇳덩이로 이루어져 있어 상당히 무겁다.

그러나 목검은 나무로 만들었다.

외형만 보면 당연히 손가락으로도 들 수 있을 것 같은 기분이 들어서였다.

"무게를 진검과 똑같이 만든 가검(假劍)이야. 안에 쇠를 넣어서 무게를 맞춘 거지."

"……왜 그런 번거로운 짓을 하는 거야?"

"그럼 투기장에서 정말 서로 죽일 일 있니? 진검을 사용하게?"

가렌트가 한심하단 듯이 답했다.

"……아, 연습용?"

"정답."

즉, 맞더라도 신체 부위 어느 곳이 잘리는 게 아닌, 멍이 들고 마는 수준으로 만든 연습용 검.

그러나 무게가 너무 가벼우면 실제 진검을 들었을 때 연습한 것들을 그대로 재현할 수 없으니, 진검의 무게에 익숙해지기 위해 이렇게 연습용 가검을 만든 것이라고 했다.

가렌트도 나와 똑같은 가검을 들었다.

"이대로 우리 둘이 대련한다. 단, 넌 절대로 마법을 사용하면 안 돼. 순전히 검술로만 나를 상대해야 해."

"……뭐? 지금 장난하냐?"

마법사에게 마법을 사용하지 말라니.

그러면 난 평민과 다를 게 하나도 없다.

그런데 상대는 검사 학교 초급 학생도 아닌 대검사 출신의 오리안트 가렌트다.

아니, 현 대검사 불카토스 밀턴이 죽은 지금, 이제 그가 임시이지만 대검사도 겸직하게 되었다.

마법을 봉인당한 마법사가 검술로 대검사를 이긴다?

사일러드가 물을 마시다 사레들려 기침을 연거푸 하다가 숨을 못 쉬어서 죽는 거랑 똑같은 확률이 아닌가?

"너, 나한테 쌓인 거 있었니?"

"내가 그런 좀생이인 줄 아나. 그래도 친구인 너 때문에 대검사인 내가 직접 나서는 거 아니야?"

여기에는 또 무슨 의미가 있는지, 솔직히 모르겠다.

가렌트는 시작하기 전에 친절히 설명했다.

# 새로운 준비

"내가 말했지, 체력은 상당히 포괄적인 의미라고. 그런데 사실 중요한 건 체력을 이루는 요소 중 하나가 근육이 맞긴 한데…… 근육량은 사실 큰 비중을 차지하지 않아."

"……이 무거운 검을 들기 위해선 근육이 있어야 하잖아."

"뭐, 그렇지. 그런데 정작 전투에는 큰 힘이 안 된다고 해야 할까?"

말이 자꾸 바뀌는 느낌이었다.

가렌트의 설명이 이어질수록 난 혼란스럽기만 했다.

"에휴, 역시 난 말로 하는 건 재능이 없다니까. 거기 너, 나와 봐."

가렌트는 친위대원 중 하나를 지목했다.

"······응?"

이제야 나도 확실히 식별할 수 있었는데, 그의 몸은 상당히 왜소했다.

가렌트와 달리 두껍고 우람한 근육도 없었으며, 키도 작았다.

솔직히 저 몸만 보고 판단하자면 정녕 검사가 맞을까 하는 의구심이 절로 들었다.

평민과 별반 다를 게 없었기 때문이었다.

"너도 보자마자 의문을 가지게 됐지? 심지어 이 녀석이 검사들의 정예 병력인 친위대원이란 것도 이해가 안 되지?"

"······."

조용히 고개를 끄덕였다.

해당 검사를 깎아내릴 의도는 아니지만······.

그게 내가 보는 시선의 정답이었으니까.

"얘가 직접 시범을 보이며 알려 줄 거야. 체력의 본질이 뭔지. 자, 전력 질주로 뛰어. 지쳐서 못 뛸 때까지."

"넵!"

가렌트의 지시가 내려지자마자 그는 뒤도 돌아보지 않고 이 넓은 투기장을 전력 질주로 뛰었다.

"······세상에."

일단 첫 번째로 놀란 점.

속도가 말도 안 되게 빠르다.

내가 본 검사 중에서도 저렇게 빨리 달리는 검사를 본 적이 없을 정도다.

약 450년 전의 보름달 전투에 참가했던 검사들보다도 훨씬 빠른 속도였다.

과장을 조금 보태면…….

그의 발이 제대로 보이지도 않을 정도였으니까.

'그간 내가 혼자 했던 건…….'

지금 저 검사와 비교하면 걷는 수준이라고 봐도 무방하다.

전력 질주로 내달리는 검사는 숨도 쉬는 것 같지 않게 보였다.

사람이 뛰면 자연스럽게 숨이 차올라서 헉헉거리기 마련인데.

저 검사는 그런 게 없다.

그렇게 검사는 정말 힘을 다해서 지칠 때까지 계속 뛰었다.

"후아!"

그 검사가 땅바닥에 엎어진 것은 약 세 시간 뒤였다.

이것이 내가 두 번째로 놀란 순간이다.

세 시간 동안 쉬지도 않고 전력 질주로 내달린 것이었다.

정말 괴물이 따로 없었다.

"어딜 누워? 당장 일어나!"

가렌트의 호통이 들자마자, 검사는 벌떡 일어나서 대검 모양의 가검을 들었다.

그러고는 곧장 가렌트에게 달려들며 대련을 시작했다.

'……그렇게 뛰고도 저럴 힘이 남아 있어? 지쳐서 못 뛸 때까지 뛰라며?'

저 검사가 사실은 더 뛸 수 있는데 중간에 포기한 것일까.

그런 의심이 들었지만…….

가렌트와 대련하는 검사의 모습을 보니 절대 그런 건 아니다.

얼굴은 울상에, 검을 휘두르는 팔에도 힘이 전혀 느껴지지 않았다.

몸에 힘이 전부 빠진 것만큼은 확실했다.

'그런데도…… 저렇게 할 수가 있다고?'

검사들의 새로운 면모를 본 순간이다.

이젠 숨도 마음대로 쉴 수 없는 상태에 놓였는지, 가렌트와 대련하는 검사의 얼굴이 시뻘겋게 변했다.

한쪽 손으론 답답한 듯, 자신의 가슴을 내려쳤다.

숨을 못 쉬는 게 확실하다.

그렇게 뛰고도 쉬는 시간 없이 바로 검술 대련이니, 몸이 허용할 수 있는 고통의 범위를 초과해서 나타난 현상이다.

"호흡도 안 될 수준이군. 그만하자. 쉬어."

"푸하! 가……감사합니다!"

검사는 가렌트에게 고개를 꾸벅 숙인 뒤 가검을 내려놓자마자 엎어졌다.

"자, 이게 내가 설명하고 싶은 거야. 우린 이걸 지구력이라고 부르지. 체력을 이루는 아주 중요한 요소. 아니, 전부라고 봐도 될 것 같네. 실제로 검사들에게 중요한 건 지구력이니까."

"……지구력?"

마법사인 난 처음 듣는 단어다.

따라서 어떤 의미를 가진 단어인지도 몰랐다.

"응, 지구력의 정의는 장기간 계속할 수 있는 능력. 즉, 지금 저 녀석처럼 체력이 다 빠져서 당장 쓰러질 것 같은데도 억지로 버티며 주어진 일을 끝마치는 거지."

"…… ."

그래서 갑자기 검사를 뛰게 하고, 지쳐 쓰러졌을 때도 편히 쉬지 못하게 한 거였구나.

무엇을 설명하고 싶어 했는지 확실히 이해가 되었다.

마법으로 치면 유지력과 똑같은 것이다.

당장 정신이 뭉개져서 그만둬야 하지만, 끝까지 마법 구현을 포기하지 않는 것.

지속 마법이 가장 어려운 마법인 이유.

마나를 계속해서 출력해야 하는 동시에, 마법이 형태를 잃지 않도록 집중까지 해야 한다.

마법사들 사이에서 유지력이 없는 마법사는 상위 서클에

도달할 수 없는 결정적인 이유였다.

검사들에게도 그런 요소가 있던 것이다.

"그래서 문득 든 생각이 있어. 네가 사용하는 그 비전력이란 거 있잖아. 사실은 지구력이 가장 중요한 거 아니야? 지구력이 체력을 이루는 가장 중요한 요소거든. 검사들 사이에서는."

충분히 일리 있는 말이다.

애당초 마법에서 중요한 게 뭔가?

유지력이 가장 중요하다.

아무리 높은 서클의 마법을 구현해도, 그 마법을 유지할 수 없다면 쓰레기로 전락하기 쉽다.

반면에 아무리 낮은 서클의 약한 마법이라 할지라도 더 많은 양을 오랫동안 유지한다면 그 어떤 높은 서클의 마법도 부럽지 않다.

가렌트는 가검 끝으로 내 팔을 쿡쿡 찌르며 말했다.

"네 근육은 충분히 단단해. 방금 뛰었던 저 녀석도 근육은 너만큼 단단하지 않아. 그런데 너, 저 녀석처럼 세 시간 동안 쉬지도 않고 전력 질주로 뛴 다음 나와 바로 대련할 수 있겠어?"

"……아니."

내 몸이니까 내가 잘 안다.

현재 내 몸으로는 절대 불가능한 일이란 것을.

"그러니까 네 근력은 충분하지만, 지구력이 완전 쓰레기란 뜻이지."

"……쓰레기라니 말이 심하네."

"사실이잖아. 마법사로서는 대마법사일지 몰라도 검사로서는 넌 1급 검사한테도 못 이겨."

1급 검사란, 마법사로 치면 1서클 마법사다.

즉, 검사 학교 완전 새내기들.

현재 내 몸이 그렇다는 냉정한 평가다.

"친위대원은 몇 급 이상의 검사들이지?"

"8급."

"그럼 너는?"

"난 10급. 예전에 우리 이런 주제로 대화를 나눴던 적이 있잖아? 대마법사도 10서클이라며. 너희의 서클이 우리한테는 급이야."

그래, 그런 대화를 나눈 적이 있으니 1급 검사도 이기지 못한다는 말을 듣고 충격에 빠진 것이다.

"그래서…… 이걸 하는 이유가 그 지구력이 기르기 위해서다?"

"맞아, 신체의 한계를 계속 돌파하는 것. 지구력은 단기간에 향상되는 게 아니야. 그래서 근육, 즉 근력이랑은 근본이 다르지."

"근력은……."

"무거운 것 좀 들었다 놓으면 금방 커지잖아. 그리고 눈에도 바로 보이고. 그런데 지구력은 아니야. 눈에 보이질 않으니 스스로도 얼마나 강해졌는지 모르지."

들으면 들을수록 심오한 검사들의 세계다.

그리고…….

상당히 재미있게 다가왔다.

아직 내가 도달할 수 있는 경지가 남아 있다는 뜻이 아닌가?

이미 마법적으로는 전부를 도달했지만, 육체적으론 아직 걸음마도 제대로 떼지 않은 신생아 수준.

그렇기에 그 육체적인 경지까지 도달하면.

그리고 옆에서 나를 도와주는 대검사 오리안트 가렌트가 계속 있다면.

어쩌면 전생보다 더 강한 비전력을 낼 수 있지 않을까 하는 기대감이 들었다.

그리고 그것은 곧 사일러드도 위협적인 적이 되지 않을 수 있단 긍정적인 신호다.

"시작해 볼래? 말했듯이 이건 단기간에 되는 게 아니야. 계속 한계를 돌파한다는 의미, 방금 봐서 알지?"

"물론이지."

방금 시범을 보였던 검사처럼.

지쳐도 절대 쉴 수 없단 뜻이다.

"쉬고 싶으면 차라리 기절해. 기절할 때까지 계속해야 해. 그것만이 최단기간으로 지구력을 키울 수 있는 방법이야. 그 한계를 계속 돌파해야만 어느 순간 네 몸에 지구력이란 게 생길 거니까."

기절할 때까지 해라.

알았다. 그럼 정말 기절할 생각이다.

그사이에 다시 사일러드의 몬스터가 급습하면 어떡하냐고?

무엇이 문제인가?

적어도 난 이제 '나(혼자)'가 아닌데.

'우리'이지 않은가?

믿고 맡길 수 있는 사람이 하나도 아니고 다수가 있다.

검사들에게 마법사만 붙여 주면 충분히 처리할 수 있는 능력을 가지고 있다.

그리고 에타르가 남긴 조각사란 마법사들이 나와 함께하고 있으니 그 마법사들이 검사들을 도울 것이다.

그들을 믿고, 난 이 자리에서 모든 걸 쏟아부은 뒤에 쓰러지면 되는 거다.

'에타르…… 믿고 맡길 수 있는 사람이 있어 행복하단 말, 잘 알겠구나.'

에타르에게도 고마웠다.

비록 그는 지금 없지만, 내게 중요한 것들을 선물해 주고 떠나갔으니까.

'꼭 너의 기대에 부흥하마. 에타르.'

난 이제 가검을 두 손으로 번쩍 들었다.

그 순간.

따악—!

"끄윽!"

가렌트가 가검으로 내 한쪽 손등을 강타했다.

손등에서 오는 짜릿한 타격의 통증.

그로 인해 가검을 떨어트렸다.

찌릿! 찌릿!

손이 고장 난 것 같았다.

계속 전류가 흘러 덜덜 떨리고, 주먹을 쥐려고 해도 말을
듣지 않았다.

맞은 손은 해괴한 모양새를 한 채다.

주먹을 쥔 것도 아니며 그렇다고 완전히 편 것도 아닌.

완전히 마비된 상태다.

"네 한쪽 손은 봉인. 남은 한쪽 손으로만 들어. 참고로 두
손으로 들게 되면 그때는 아예 부러트릴 정도로 칠 거니까
없는 손이라고 생각해."

"……."

이제는 가렌트가 무섭게 보일 지경이다.

그래, 명색이 대검사인데 이런 단호함과 무서움은 있어야

지.

지금 이 순간만큼은 내 스승님이니까.

"먼저 들어와. 검술의 기본은 있잖아. 너와 내가 서로 꼭 대기에 있던 시절. 네가 그렇게 귀찮게도 알려 달라고 해서 말로나마 알려 준 적이 있으니까. 기억은 온전하지? 머리에 박혀 있지?"

가렌트가 여유롭게 한 손으로 든 가검을 까딱거리며 도발했다.

그때 배운 것들…….

그래, 남아 있긴 하지.

그런데 머리에만 남아 있을 뿐이다. 과연 몸에도 남아 있을지가 의문이었다.

난 한쪽 손으로 가검을 다시 번쩍 들어, 가렌트를 향해 돌진하며 그에게 배운 검술을 재현했다.

바로 찌르기다.

발로 도움닫기를 하면서…… 상체는 최대한 낮추고.

적의 심장부로 향해 도약하듯 찌른다!

그것을 행한 그 순간.

뻐걱-!

"커헉!"

가렌트는 가검 손잡이 부분으로 내 뒤통수를 찍었다.

난 그대로 땅에 엎어졌다.

"그렇게 뻔히 보이게 움직이면 때려 달라는 거지. 더 빨리 못 해?"

가렌트는 호통과 함께 날 발로 찼다.

난 몇 바퀴 데굴데굴 구른 뒤에야 다시 일어날 수 있었다.

"허억, 허억……!"

"세상에, 동작도 정말 쓰레기 같은데 고작 그거 한번 했다고 벌써 숨이 가빠?"

정말 그는 나를 경멸하는 눈빛이다.

"설마 내 친구가 이렇게 형편없는 놈일 줄은 몰랐는데. 너 이제 내 친구라고 하지 마라, 자존심 상하니까."

그는 내 신경을 긁는 말을 아낌없이 했다.

아니, 일부러 저러는 것 같았다.

어서 화를 내라.

넌 마법만 사용하면 나를 간단하게 제압할 수 있잖아?

이런 강도 높은 도발로 다가왔다.

"……진짜 마법 쓰고 싶어지네."

"픕, 쓰든가."

이번엔 코웃음까지 치며 한쪽 입꼬리만 과하게 올렸다.

아니다. 아니다!

넘어가지 말자!

난 스스로 볼을 찰싹찰싹 때리며 마음을 다잡았다.

왜냐.

가렌트가 그간 보인 적도 없는 냉소적인 모습을 보이는 이유를 이해했기 때문이다.

지금 가렌트가 내뱉는 말들은 전부 진심이 아니다.

이건 나를 시험하는 것이다.

못 참겠지? 참지 마!

마법을 사용하면 편하잖아?

이것을 유도하기 위한 것에 불과하다.

마법사인 내가 마법을 버리고 검술로만 그를 상대하는 이유.

지구력을 키우기 위한, 자신에게 주어진 한계 돌파.

그 한계 돌파는 한 번이 아니다.

눈앞의 한계를 돌파하면 그다음 한계가 기다리고 있고.

또 그 한계를 돌파해야 한다.

그렇기에 가렌트는 마법만 빼면 하찮은 존재가 되는 나를 노골적으로 말과 검술로 괴롭히는 것이다.

나의 의지를 테스트하려는 의도로.

내가 마법을 사용한 순간, 난 한계에 부딪혀 쉽게 포기하는 머저리가 된다.

그렇게 되면 절대 지구력을 키울 수 없으며, 덩달아 비전력도 평생 사용할 수 없는 하찮은 마법사로 전락한다.

'그래, 더해라, 가렌트. 수모라고 생각하지 않는다. 수련이라고 생각하마. 더 날 하찮게 만들어.'

참으로 신기하지 않은가.

수모와 수련, 음절 하나만 바꿨을 뿐인데 받아들여지는 게 이렇게나 다르다니.

"내가 마법도 안 쓰고 널 이기면 대검사까지 되는 건가?"

마법 사용 욕구를 억지로 죽인 뒤, 가렌트에게 당당히 말했다.

"검사가 무슨 동네 길고양이로 보이니? 할 수 있으면 해 봐. 우리도 결코 만만한 존재는 아니지. 신체로 하는 거라면 말이야."

"얼마든지."

난 포기하지 않고 계속 가렌트를 향해 내달렸다.

그럴 때마다 가렌트는 정말 어린아이와 놀아 주는 것처럼 가벼운 손짓 한번을 했을 뿐인데, 난 몇 바퀴나 구르기 일쑤였다.

"이런 놈이 어떻게 나랑 친구를 하려고 해? 야, 네가 말한 공생 관계는 무르고 그냥 상하 관계 어때?"

이젠 우리가 약속한 화합의 조항도 건들기 시작했다.

"……."

솔직히 잠깐 동안 울컥, 화가 나긴 했지만.

참아야 한다.

무조건 참고 마법을 절대 사용하지 않은 상태로 이 훈련에 임해야 했다.

그리고 난 검사의 본질과 마법사의 본질이 어떻게 다른지 깨달았다.

'검사가 누가 무식하게 몸만 쓴대? 정신력도 상당하잖아?'

여기에 있는 가렌트는 물론 그의 친위대까지.

아니, 그 이전엔 나와 함께 전투에 참가한 당시의 대검사이자 가렌트의 조부 오리안트 아란까지.

전부 이런 수련을 몇 년…….

혹은 몇십 년간 견디고 견뎌서 그런 검사가 된 것이 아닌가?

정신력으로 싸우는 족속인 우리 마법사.

그중에서도 대마법사인 나도 정신 제대로 부여잡기 힘들 정도인데 어떻게 이런 수련을 다 견뎠는지 가늠할 수 없었다.

그저 정신만 힘든 거면 버틸 수 있겠는데, 몸까지 부서질 것 같으니 정신이 완전히 무너지는 느낌이다.

"후우우, 후우!"

계속해서 튕겨 나가면서 이미 무릎도 까지고, 피부 여기저기도 쓰라렸다.

바닥을 구르며 쓸린 마찰열 때문이었다.

난 대검을 지팡이처럼 짚고, 한쪽 무릎을 꿇게 되었다.

"벌써 포기하게? 야, 얼마나 됐냐?"

가렌트는 친위대원 중 하나에게 물었다.

"……10분 정도입니다."

"10분? 하이고, 세상에……. 얘들아, 봤지? 대마법사도 10분 만에 나가떨어지는데 그 밑의 마법사는 5분도 못 버티는 거 아니냐? 푸하하하!"

비웃음도 서슴지 않았다.

'정말 지독한 교육 방식이군.'

그리고 내 생에 가장 긴 10분을 마주한 순간이기도 했다.

솔직히 체감상으로는 이미 한 시간은 지난 줄 알았기 때문이다.

'10분도 이렇게 긴데 저 검사는 어떻게 세 시간이나…….'

그저 몸이 힘든 것 하나가 추가되었을 뿐인데 감각까지 무뎌진 상태다.

그래도 포기는 절대 안 한다.

내가 이 훈련에 임한 그 목표.

쉬고 싶다면 기절해라.

기절할 때까지 한다.

다시 검을 들고 가렌트를 향해 내달렸다.

이미 몇 번이나 굴렀는지 셀 수 없을 정도다.

그저 가렌트가 닿을 거리에 있으면 다시 멀어지고, 다시 내달리고의 반복이었으니까.

그렇게 시간이 얼마나 흘렀는지도 몰랐을 때.

다리가 무슨 춤을 추듯이 심하게 흔들렸다.

"……."

몸이 말을 듣질 않았다.

난 계속해서 다리에게 '어서 발걸음을 떼라.'라고 명령했지만.

다리는 '시끄러워. 그럴 마음 없어. 나 힘들어.'라며 발악하는 것 같았다.

'몸도…… 이젠 나의 것이 아니란 뜻이냐.'

혼자 수련했을 때 이 정도인 적이 있었나?

없었다.

그땐 쉬고 싶을 때 쉬며 유동적으로 수련했다.

하지만 지금은 상황이 다르다.

나를 일부러 업신여기는 많은 이의 시선.

정말 이 자리에서 그대로 쓰러지면 내가 인정하는 꼴이다.

'그래, 나 약하다. 그러니까 마음껏 비웃어.'라고.

지금 검사들의 내게 보내는 시선을 사일러드의 시선이라고 생각했다.

아니, 그에겐 충분히 그렇게 보이고도 남을 것이다.

지금 내 상태라면.

"가렌트, 나 하나만 묻자."

"얼씨구? 이 와중에 머리 굴리는 소리 여기까지 들린다? 물으면서 시간 끌고, 쉬려고? 그렇겐 안 되지."

그럴 의도가 하나도 없었는데 넌 얼마나 삐딱하게 나를 보는 거냐……!

가렌트는 성큼성큼 걸어 나를 다시 발로 밀쳤다.

다시 몇 바퀴 굴렀다.

"끄윽, 그런 거 아니라고 이 새끼야!"

결국, 나도 인내심의 한계가 찾아온 걸까.

그를 향해 직설적인 욕설이 터져 나왔다.

"그래? 그럼 뭔데. 물어봐."

그래도 진심은 닿은 걸까.

일단은 들어 보겠단 태도를 취했다.

"……너희 검사는 이런 거 매일같이 하는 거냐, 이렇게 강도 높은 걸?"

"푸하하하! 야! 얘 질문이 너무 귀엽지 않냐?"

그런데 가렌트를 포함한 검사들은 폭소를 터트렸다.

"강도가 높아? 이게? 우리가 하던 대로 하면 넌 이미 진작 쓰러졌어. 상황 봐주니까 만만하게 보여?"

가렌트는 표정을 굳히고는 그렇게 말했다.

정말 화가 많이 난 것처럼 보였다.

그들의 자존심…… 아니, 자존심보단 자긍심이라고 보는 게 옳았다.

그 자긍심을 건든 질문이었던 걸까?

난 정말로 궁금해서 물은 건데 말이다.

"그런 의도 아니야. 미안하다."

일단 오해를 산 건 같으니 사과했다.

그러자 가렌트는 표정이 다시 원래대로 돌아왔다.

"정말 궁금해서 그래. 이런 훈련을 할 때 너희는 무슨 생각으로 하는지."

"후우, 근본이 다르군."

가렌트는 쓰러진 나와 시선을 맞추기 위해 쪼그려 앉았다.

바로 앞에 나와 눈높이를 맞췄는데도 보기가 힘들었다.

이유는 이마에서 쏟아지는 땀 때문에 눈이 따가워서 제대로 뜰 수기도 힘들었기 때문이다.

"역으로 묻지. 너희 마법사는 무엇을 위해 서클을 높이지?"

"……."

왜일까.

왜 숱하게 들었던…….

아니, 내가 학생들에게 가르쳤던 그것들인데.

지금에서는 가렌트에게 답할 수 없을까.

마법사가 서클을 높이는 것.

그것만이 마법사들이 살 수 있는 방법이었으니까.

하지만 지금 이 상황에서 그것은 정답이 아니란 걸 나도 알아서 입이 떨어지지 않았다.

"우리 검사가 무엇을 위해 이런 훈련을 계속하느냐고? 지키기 위해서다."

"지키기…… 위해?"

"너희 마법사는 순전히 개인의 목표 달성을 위해 서클을 높이잖아. 네가 하는 말만 들어 보면 그게 맞아."

그래, 해석을 굳이 하자면 가렌트가 생각하는 게 틀렸다고 는 말할 수 없었다.

마법 사회에서 떳떳하게 살기 위함이었고, 그것은 곧 개인의 목표에 지나지 않으니까.

"그런데 우리 검사는 아니야. 내가 포기하면 내 친구, 동료, 가족이 죽는다. 그들의 죽음을 방관하는 꼴이지. 그렇기에 지키기 위해서 하는 거야. 내가 쓰러지지만 않으면 지킬 수 있는 방법은 얼마든지 있으니까."

"……."

평상시에 들었으면 유치하다고 생각한 말이었을 게 분명한데.

왜 지금 이 상황에서는 내게 이렇게 크게 와닿는지 모르겠다.

누군가가 내 감정에 이해심을 증폭시키는 마법이라도 부린 것처럼 말이다.

"검사는 홀로 존재하는 게 아니다. 누군가를 위해 존재한다. 그래서 포기하는 것도 내 마음대로 할 수 없어. 아니, 애초에 포기는 없어. 그냥 죽어야지. 원하는 답이 됐나?"

"……."

검사와 마법사가 어떻게 근본적으로 다른지 확실히 깨달았다.

마법사의 마법은 불편한 것을 편하게 만들기 위해 존재한다.

웨이포인트도 그런 일종.

방어 마법이나 공격 마법도 전부 몸은 편하지 않던가?

즉, 불편한 것을 도피하고, 편한 것만 찾는 원리라고 봐야했다.

그러나 검사는 완전히 정반대다.

오히려 불편한 것을 자신의 몸에 익숙하게 만들어 편하다고 받아들여지게 하는 것.

왜냐 그들은 마음이건 몸이건 편하면 안 되니까.

직접 몸으로 싸워 누군가를 지켜야 하는 입장인 그들의 상황에는 불편한 것들만 가득하니까.

적은 사정을 봐주지 않는다.

도리어 약할 때를 기다렸다가 공격하기 마련이다.

그런 원칙을 검사들도 자신들만의 방식으로 바꾼 것이다.

삶은 불편함의 연속이니, 그 불편함이 느껴지지 않도록 몸을 강인하게 만들면 된다는 발상인 것이다.

실로 멍청하고, 효율성 없는 방법이지만…….

직접 겪는 순간인 지금.

나는 그렇게 말할 수 없었다.

왜냐.

지금 이 순간만큼은 그게 정답이 맞았으니까.

"계속 그렇게 쉬고 싶으면 쉬든가."

가렌트가 일어났다.

그에 맞춰 나도 일어나려고 한 순간.

"……?"

어깨에서 '덜컥' 소리라도 나는 것처럼 몸이 그대로 굳었다.

"……뭐야, 이거."

몸이 아예 말을 듣질 않았다.

속박 마법에 걸린 것보다 심한 느낌이다.

이런 기분은 이미 전에 에드 분교 6클래스에서 겪은 적이 있었지만, 그때랑은 완전히 달랐다.

지금이 더욱 지독한 고통으로 다가왔다.

"그러게 누가 쉬래? 잠깐 쉬니까 그 모양이지. 일어나, 안 일어나면 그렇게 자빠진 상태로 진행한다."

"……."

정말 1분도 채 되지 않는 시간이었는데 몸이 이렇게 굳어 버리다니.

받아들이기 힘들 정도로 낯선 현상이다.

"끄아아아아!"

결국, 말을 듣지 않는 다리를 억지로 듣게 하기 위해 기합을 내지르며 무거운 발걸음을 겨우 뗐다.

다시 손이 닿을 거리까지 가까워진 가렌트.

그를 향해 가검을 번쩍 들었을 때다.

뻐억―!

"컥……."

정말 내 눈에 무언가가 번쩍한 기분이다.

털썩!

그대로 몸이 쓰러지는 느낌이 나면서 아무것도 보이지 않고, 느껴지지 않는 상태가 되었다.

"대마법사는 확실히 뭔가 다른가 봐. 그렇지?"

가렌트는 쓰러진 에이머를 쳐다보며 친위대원들에게 말했다.

"네, 솔직히 놀랐습니다. 대검사님께서 그 정도로 하셨는데도 그걸 다 버티다니."

"듣는 저희가 다 괴로웠는데 말이죠. 노심초사했다고요. 정말 감정을 조절하지 못해서 폭발 마법 같은 걸 사용해 버리면 어쩌나 하고요."

적어도 검사들은 에이머에게 감동을 받았다.

벌써 에이머가 훈련에 임한 지가 어느덧 두 시간이 넘던 시점.

이미 10분째가 되었을 때, 그의 몸을 보고 알았다.

한계라는 것을.

저 신체에는 더는 훈련을 소화할 수 있는 여력이 없다.

몸을 전문적으로 쓰는 검사들의 눈에 그런 게 보이지 않을 리가 없었다.

그러나 지금은 봐줘 가며 훈련할 상황이 아니다.

그렇기에 친위대원들이 행했던 훈련처럼, 더욱 지독하게 사람을 극한으로 몰고 간 이유였다.

하지만 가렌트는 웃으며 답했다.

"내 친구잖아. 내 친구라면 그 정도는 이겨 낼 수 있단 믿음이 있었거든."

"이제 그만 쉬게 하시죠, 가렌트 님. 저러다 정말 몸 망가집니다. 저희 훈련의 목적이 몸을 망가트리는 건 아니잖아요."

친위대원 하나가 건의했다.

오늘 할 수 있는 훈련들은 충분히 했으니, 이제 그만해도 되지 않겠느냐는 질문이다.

어차피 금방 퍼질 거라고 생각해서 체력적인 부분을 애써 외면하며 극한까지 훈련시켰는데.

일반 검사도 아니고, 몸이라곤 일평생 쓴 적도 없는 마법사가 저 정도로 할 줄은 정말 몰랐기 때문이다.

이젠 감동을 넘어서 걱정이 될 지경이다.

"아니, 10분 지나서도 안 일어나면 찬물 끼얹어서라도 깨워."

하지만 가렌트는 단호했다.

"……친구분이시라면서요. 정말 저러다 큰일 납니다."

"평소라면 나도 그랬겠지. 너희들 잊었어, 우리가 어떤 상태인지?"

검사들은 가렌트를 만류하려고 했지만, 그의 한마디에 주춤했다.

사일러드의 존재 때문이었다.

"오히려 에미머도 혹독하게 다뤄 주길 바랄 거야. 느슨하게 할 생각이었으면 내가 처음부터 이놈의 제안을 받아들이지도 않았어. 적이 바로 앞에 있는데, 느슨하게 훈련시킬 여유가 어디 있어?"

"……알겠습니다."

"그런데 대련은 의미가 없는 것 같기는 하다. 기본이 없어도 너무 없어. 역시 말로만 설명을 들으며 혼자서 연습한 거다 보니 눈 뜨고 못 봐 줄 정도로 개판이네."

가렌트가 두 시간 넘게 에이머의 검술을 보고 내린 결론이다.

아니 검술이라고 할 수가 없었다.

차라리 검을 들고 하는 춤이라고 보는 게 훨씬 정답에 가까웠다.

그것이 대검사 가렌트의 눈에 비친 에이머의 검술 실력이다.

"기본부터 다시 다져야 해. 주위에 알려 주는 사람 없이 혼자서만 익혀서 그런지 악습만 가득해. 깨면 저거 시켜."

가렌트는 투기장 구석에 있는 기구 하나를 가리키며 지시했다.

얼핏 보면 단두대와 상당히 비슷한 모양새였지만, 자세히 보면 다른 점이 있었다.

목검이 쇠사슬에 묶여 있었고, 쇠사슬 반대편엔 다른 무언가를 또 묶을 수 있는 공간도 존재했다.

검사들이 검술 연습, 자세 교정으로 쓰는 기구였다.

"무게랑 시간은 어떻게 할까요."

"으음, 지금 에이머 수준으로는 우리가 하는 강도의 반의반도 못 하겠지?"

"……그렇겠죠, 아무래도."

"10kg, 두 시간. 그 정도만 하자. 그걸로 오늘은 끝. 대신 절대 시간은 말하지 마. 알았어?"

끝나는 시간을 에이머에게 알려 주지 말란 뜻이었다.

이것도 검사들의 수련 방식 중 하나다.

끝나는 시간을 정해 두지 않는다.

왜냐, 적과 싸울 때 끝나는 시간을 정해 두고 싸우는 게 아니니까.

훈련도 실전처럼.

그들이 행하는 모든 훈련에는 그런 실전의 정신이 깃들어 있었다.

"알겠습니다. 그런데 자세 수련 때는 안 오시게요?"

"응, 내가 없는 상황에서는 얼마나 훈련에 성실히 임하는지 너희가 직접 보고 판단해. 친구인 내가 있으면 아무래도 집중도 안 되고 요령 피울 수도 있잖아."

정말 가렌트는 에이머를 한 명의 검사로 생각하고 대하는 중이었다.

"알겠습니다. 맡겨만 주시죠."

"그럼, 부탁한다."

그렇게 가렌트는 먼저 나갔다.

투기장에 남은 친위대원들은 정확히 시간을 쟀다.

가렌트가 고지한 10분이 되었다.

"내키진 않지만…… . 물 가져와."

그들의 리더가 지시한 일을 어떻게 거역할 수 있을까.

마음이 편할 리 없었다.

검사 둘이 양동이에 찬물을 가득 받아왔고, 쓰러진 에이머 앞에 섰다.

"부어."

촤학-!

⸎

아무런 촉감이 느껴지지 않았던 그때.

촤학-!

뭔가 소리가 들림과 동시에 차가운 느낌이 온몸을 엄습해, 나도 모르게 발작하며 일어났다.

"헉……!"

"……일어났습니까? 쉴 시간 없어요. 바로 시작합니다."

검사들은 불편한 기색을 애써 숨기며 내게 말했다.

난 눈치껏 알 수 있었다.

가렌트의 가검에 맞아 기절했단 것을.

실제로 맞은 부위는 턱인 듯했다.

턱이 욱신거리며 뜨거웠다.

날 기절시킨 당사자인 가렌트는 이미 이 장소에서 보이지 않았다.

여기에 남아 있는 자들은 전부 검사 친위대원들이었다.

"저기 저거 보이죠."

한 명이 나와 눈높이를 맞춰 쪼그려 앉으며 손가락으로 어딘가를 가리켰다.

그의 손가락의 방향을 시선으로 따라가니, 용도를 알 수 없는 기구가 보였다.

단두대와 비슷하게 생겼는데 목검이 쇠사슬에 묶여 있는 기구였다.

"……저건 뭐지?"

"이제 저거 할 겁니다. 일어나세요."

"……그나저나 나 얼마나 기절했던 거야?"

"10분 정도요."

내 옆엔 양동이 두 개가 있었고, 머리까지 젖어 있었다.

이미 가렌트와 훈련하면서 땀으로 머리가 다 젖긴 했지만, 땀은 기본적으로 찝찝한 기분이 든다.

그런데 지금은 상쾌한 기분이 들었다.

물을 뿌렸다는 것을 알았다.

"……이것도 가렌트가 시킨 건가?"

"네."

그는 짤막한 대답만 뱉었다.

시선은 의도적으로 나와 맞추지 않으려는 움직임도 훤히 보였다.

내가 쓰러져 있을 때, 뭔가 얘기를 나눈 게 있는 모양이다.

그들은 그 뒤로 어떠한 말도 하지 않았다.

계속 앵무새처럼 '일어나세요.'만 반복할 따름이다.

"……그래. 가렌트도 생각이 있으니까 그런 거겠지."

이제 일어서려고 하는 찰나.

역시나 몸이 말을 듣지 않았다.

"……10분이라고 했지."

내가 기절한 시간이다.

"네."

그것을 달리 말하면.

난 10분간 쉬었다는 뜻이다.

가렌트에게 궁금한 것을 물었던 그때, 1분도 채 되지 않는 그 잠깐을 쉬었다고 몸이 말을 듣질 않았는데.

지금은 그냥 신경과 뼈마디 전부가 굳은 것처럼 아예 움직이지 않았다.

"야단났군."

정말 일어서고 싶은 의지와 욕구가 가득한데, 몸만 덜덜 떨릴 뿐 도무지 일어날 수가 없었다.

"일어나세요."

그런데도 검사들은 계속 같은 말을 되풀이했다.

'이것도…… 훈련의 일종이구나.'

알 수 있었다.

검사들이 왜 날 도와주지는 않고 일어서라고 말만 하는지.

지금 내가 힘든 상태인 것을 알고는 있지만, 도와주면 훈련의 의미가 없다.

이것도 한계 돌파, 즉 지구력 키우기의 일종이라고 생각했다.

"절대 나 도와주지 마라. 나 혼자 어떻게든 일어날 거니까."

그렇기에 이번엔 내가 먼저 선수 쳤다.

"……어차피 그럴 생각이었습니다."

"그리고."

난 한 가지 강수를 뒀다.

"30초 내로 못 일어서면 가렌트처럼 날 차."

"……."

검사는 이것만큼은 대답하지 않았다.

들어주기 어려운 부탁도 아니고, 나와 평소에 친분이 있던 것도 아닌데 선뜻 그렇게 하기가 어려운 모양이다.

"하라고."

하지만 난 진심이다.

굳이 이런 강수를 둔 이유.

계속 기다리기만 하면 무슨 의미가 있는가?

사일러드도 나를 기다려 주지 않는데.

라이칸 무리도 언제 다시 이곳을 급습할지 모르는데, 그때도 난 이렇게 앉아 있을 텐가?

아무리 믿고 맡길 수 있는 사람이 있다고 한들, 나도 최소한의 움직임은 보여야 했다.

모든 상황을 실전처럼.

그것을 몸에 익숙하게 하기 위해 내린 조치다.

맞기 싫어서라도 일어날 것이며 발이 치여 뒤로 구른다면, 그 원동력으로도 일어설 수 있으니까.

"……알았습니다."

결국 검사 중 한 명이 마지못해 답했다.

그렇게 난 끝없이 일어날 시도를 행했지만, 결국, 30초가 지났다.

퍽!

"크흑!"

약속한 대로 검사는 날 발로 찼고, 난 뒤로 구르게 됐다.

한 바퀴 굴렀을 때 손과 발에 힘을 잔뜩 주니, 어떻게든 겨우 일어날 수 있었다.

"고맙다."

이건 나와의 약속을 지켜 준 그에게 보내는 진심이다.

"이제 저거 할 겁니다. 따라오세요."

검사는 이제 의문의 기구에 날 데려갔다.

똑같이 생긴 기구가 옆에 쭉 나열되어 있었다.

"시범 보여 줄게요. 이렇게 하는 겁니다."

검사는 쇠사슬에 묶인 목검을 집어 천장이 향하도록 들었다.

그러자 다른 검사가 물었다.

"무게 얼마나 할까?"

"……평소 내가 하던 대로."

"너는 유독 강도를 높게 했으니까."

그 말을 들은 검사는 투기장 구석으로 향했다.

구석엔 방문이 있었는데, 그 안으로 들어갔다.

그리고 그가 들고 나온 것을 보고 난 다른 세계에 온 기분이 들었다.

다름 아닌 작은 바위를 두 손으로 번쩍 들고 온 것이었다.

"……이게 다 뭐냐?"

내 반응에는 아랑곳하지 않고 검사는 남은 쇠사슬로 바위를 꽁꽁 묶었다.

단단하게 묶인 것을 확인하자 뒤로 몇 걸음 떨어졌다.

"잘 보세요. 이렇게 하는 거니까. 후웁."

기구의 목검을 잡은 검사는 숨을 한번 몰아쉬고.

바위가 묶여 있는 상태의 목검을 그대로 부드럽게 아래로 내렸다.

끼이익! 끼익!

그러자 쇠사슬에 묶인 바위가 들려 올라갔다.

"……지금 이걸 나한테 하라고?"

아무리 그래도 내가 바위를 드는 건…… 마법이 없으면 불가능한 일이다.

"걱정 마세요. 아르키스 님의 강도는 이겁니다."

바위를 들고 왔던 검사가 다른 것을 보여줬다.

내게 아주 익숙한 검사들의 도구.

아령이다.

그것도 10㎏ 정도로 보이는 비교적 작은 아령.

"저 친구는 원체 힘이 좋아서 저 정도로 하는 거고, 아르키스 님은 지금 이것도 벅찰 겁니다."

이제 옆에 있는 기구 쇠사슬에 아령을 단단히 묶었다.

"자, 하세요."

"그런데 이거…… 근력 키우는 훈련이야?"

"아니요, 근력도 키우는 훈련이지만 주목적은 그게 아닙니다."

"그럼 뭔데?"

"가렌트 님이 기본이 너무 없으시다고 합니다. 그래서 검술 자세의 기본부터 바로잡기 위해서 하는 훈련이죠."

"……그렇군."

일부러 무거운 것을 매달고 하는 이유도 알 수 있었다.

어떤 상황에서도 검술의 자세가 흐트러지지 않도록 하기 위함이었단 것을.

실제로 난 가렌트와 훈련을 진행하면서 몸이 상당히 무거워졌다.

그래서 서 있는 지금도 나도 모르게 허리가 조금 굽어지는 것을 느끼는 중이다.

그 정도로 몸이 힘들어서 제대로 설 수 있는 힘조차도 잘 나오지 않는다는 뜻이니까.

그런 상황에서도 올바른 자세를 주입시키기 위한 기구인 듯했다.

난 그의 옆에 있는 기구의 목검을 집었다.

"얼마나 하면 되지?"

"그냥 하면 됩니다. 그런 거 없이."

"……그래."

시간도 말해 주지 않았다.

이것 역시 전부 이유가 있는 것들이겠지.

이젠 의문을 품지 않기로 했다.

그저 받아들인다.

그것만 하면 된다고 생각했다.

"그대로 따라 하세요. 내리기 전에 숨을 크게 들이마시고. 후읍!"

"후읍!"

"완전히 내릴 때까지 무호흡 유지."

"……유지."

목검을 정확히 직각까지 내렸을 때다.

"그리고 다시 올리면서 내쉬고. 후우~!"

"후우~!"

그렇게 검사의 지도를 받으며 검술의 기초부터 다지기 시작했다.

솔직히 몸이 편하다고 느꼈다.

가렌트와의 훈련과 비교하면 고작 10kg짜리 아령에 묶인 목검을 내렸다 올리는 게 전부였으니까.

몸이 조금 욱신거리긴 했지만, 그래도 충분히 쉬운 훈련이라고 생각했다.

그런 탓일까, 나도 모르게 안도의 표정을 지었을 때다.

"쉬워 보이죠?"

검술을 지도하는 검사가 물었다.

시비를 걸려는 목적은 분명히 아니었다.

"……어?"

"계속해 봐요. 그 생각, 후회하게 될 겁니다."

"······무슨 소리야?"

"직접 느껴 보세요."

그렇게 훈련이 계속되던 도중.

어느 순간부터 목검에 아무리 힘을 줘도 더는 내려가지 않았다.

아니 그저 목검을 쥐는 것만으로 근육이 찢겨 나가는 고통이었다.

"······야, 나 얼마나 했냐?"

"2분도 안 됐어요. 뭐 해요, 안 내리고."

"······."

저 검사가 왜 그런 말을 했는지 2분 만에 깨달았다.

'죽겠는데······?'

살려 달라고 비명이라도 지르고 싶었다.

다음 권으로 이어집니다

# 암살자였던 군주

### 김기세 판타지 장편소설

## 죽음의 신에 의해 세상이 어지러울 때
## 암살자가 소리 없이 다가와 구원하리라!

가족을 잃고 왕국 변방에서 평범하게 살아가던
전설의 특급 살수 가브

동생이 생존해 있음을 알고 찾으러 떠나지만
그의 앞에 펼쳐진 것은
누구든 구울이 되어 버리는 흑마법의 세상!

세상을 집어삼키는 것이 마신의 계획임을 깨달은 가브는
대항할 힘을 갖추기 위해 나라를 세우고
군주의 길을 걷기로 결심하는데……!

## 군주가 된 암살자는 신도 살해한다!
## 마음 한편이 서늘해질 다크 판타지가 시작된다!